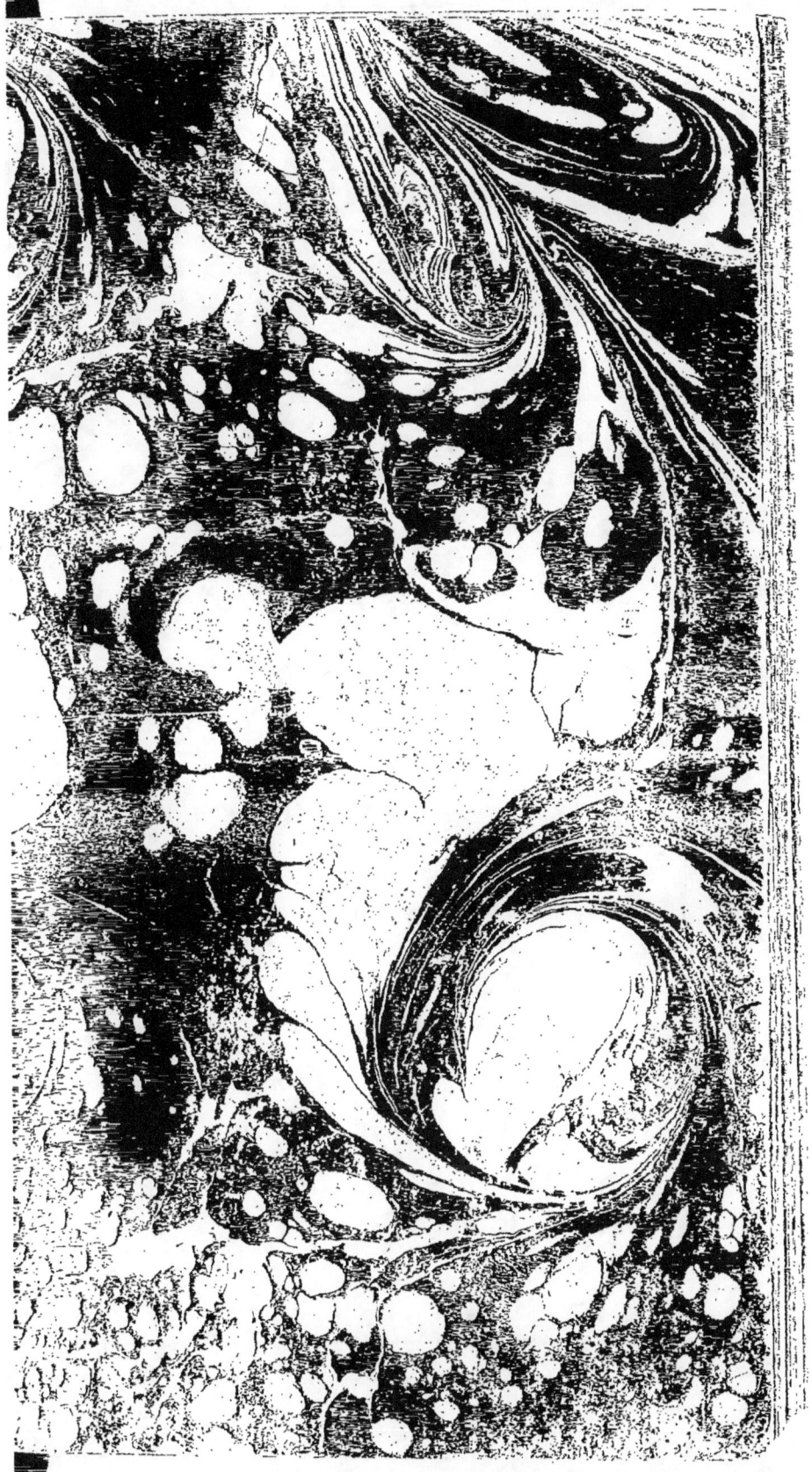

TANZAÏ
ET NÉADARNÉ.
HISTOIRE
JAPONOISE.
TOME SECOND.

A PEKIN,

Chez LOU-CHOU-CHU-LA,

Seul Imprimeur de Sa Majesté Chinoise pour
les langues étrangères.

M. DCC. XXXIV.

TABLE

DES CHAPITRES.

LIVRE TROISIE'ME.

TABLE

LIVRE QUATRIEME.

DES CHAPITRES.

TABLE

TANZAÏ
ET
NÉADARNÉ.

CHAPITRE I.

*Qui apprend qu'il ne faut compter
sur rien.*

LE Prince, pénétré
d'amour, & plein
de la plus vive impa‑
tience, se crût à la fin de ses

II. P.   A

malheurs, quand il se vît si
près de posséder l'aimable
Néadarné ; il éprouvoit auprès d'elle , outre les desirs
dont on est animé auprès de ce
qu'on aime, cette fureur de
joüir , cette ardeur inquiéte
que l'on sent pour un bien
dont on se voit maître , après
des traverses qui faisoient
craindre de ne le posseder jamais. Au milieu des plus vifs
transports, le souvenir de cette
premiere nuit qu'il avoit trouvé si triste , lui faisoit craindre
pour la seconde, un sort aussi
cruel. Les menaces de Con-

combre lui revenoient dans l'efprit, & moins il fçavoit de quelle maniere elle éxerceroit fa vengeance, plus il la trouvoit à redouter. Il y avoit des tems où il juroit, mais modérement, contre Barbacela : Voïez, difoit-il, à quoi me fert fa protection ? Elle me donne une Ecumoire, c'eft, dit-elle, le moïen d'éviter les malheurs que le deftin me prépare, & c'eft précifément la fource de tous ceux qui m'accablent; fans elle, je n'aurois pas fâché Concombre, & au lieu de me foulager, elle

me laiſſe là. Voilà une belle
façon de protéger ! Vous verrez qu'elle viendra me faire
des complimens quand je n'aurai plus beſoin de ſon ſecours.
Pendant qu'on deshabilloit la
Princeſſe, il faiſoit toutes ces
réfléxions, enfin il penſa tant
aux Fées, qu'il ſe ſouvint de
la Fée au Chaudron. Sur le
champ, il courût à ſon cabinet voir ſi elle lui avoit tenu
parole ſur l'eau de Santé. On
peut imaginer combien il la
trouva honnête quand il en
vît trente bouteilles. Son premier mouvement fût d'en ava-

ler une, mais non, dit-il, après, je n'ai befoin auprès de Néadarné, que de fes charmes; cependant la force de cette eau ajoûtée à celle de mon amour, doit produire dès chofes étonnantes; fi c'eft une fupercherie, combien de femmes voudroient en éprouver de pareilles ? D'ailleurs, Néadarné à qui je n'ai que faire de découvrir ce fecret, ne s'en eftimera que davantage, & fans compter l'idée qu'elle fe fera de moi, il eft toûjours bon de donner à une femme qu'on aime, bonne opinion de fes appas: de façon, ou d'autre, l'amour y gagne, & quoique m'ait dit Néadarné, quelque mépris qu'elle ait fait de ces plaifirs qu'elle traite d'indécents, je fuis fûr que demain elle aura changé d'avis. Ces raifons lui paroiffant valables, il bût la bouteille qu'il avoit décoëffée, & rentra dans l'Appartement de la Princeffe, comme fes femmes en fortoient. Néadarné, accablée d'une douce langueur l'attendoit, & Tanzaï preffé de fe rendre heureux, ne la fît pas longtems attendre. Néadarné déja

accoutumée à fe trouver entre
les bras du Prince, fit pour
cette fois plus valoir fa tendreffe, que fa modeftie : Agi-
tée des plus ardens tranfports,
elle livra tous fes charmes à
fon amant qui, dans un plus
grand défordre qu'elle même,
s'amufa moins à les confidérer
que la premiere fois. L'amour
dans les tendres careffes qu'il
leur infpira, ne leur laiffa pas
la faculté de parler, à peine leurs
foûpirs pouvoient-ils fe faire un
paffage. Au milieu de tant de
plaifirs, Tanzaï en chercha de
plus grands; tous deux enfin

A iiij

possedez d'une douce fureur; l'ame dans ce tumulte heureux qu'elle se plaît encore à augmenter, se livrérent à leur yvresse. Les cris douloureux de Néadarné, & la résistance qu'il trouvoit, l'étonnérent moins qu'ils ne le flatterent; quelques instances qu'elle lui fit, quelques larmes qu'elle versât, il ne songeoit qu'à achever son triomphe : il auroit été infléxible, si Néadarné enfin évanoüie de façon à ne s'y pas méprendre, ne l'eut allarmé : Tout troublé qu'il étoit, il ne songea qu'à la secourir;

ce ne fût pas sans peine qu'elle
revint à elle: Le récit qu'elle fît
au Prince des douleurs qu'elle
avoit senties, un mouvement
extraordinaire qu'elle assuroit
s'être fait, l'obligérent à juger
par ses yeux de ce que ce pouvoit être. Quelle fût sa douleur ! quand il s'apperçut qu'il
ne restoit aucune trace de cette beauté de Néadarné, qui,
dans ce moment, l'interressoit
le plus. C'est pour ce séjour enchanté, un changement si singulier, qu'il ne faut pas s'étonner si le Prince en fût surpris.
La Princesse, le voïant interdit,

lui en demanda la cause; Tanzaï, pour toute réponse, lui
prît la main, & la lui porte où
il regardoit. Ah Ciel! s'écria-
t'elle, la maudite Fée, se van-
ge aussi de moi, cher Prince!
Sous quels auspices, notre u-
nion a-t'elle été formée? Mais,
comment ce malheur est-il arrivé? Chere Néadarné, dit le
Prince, il y avoit si peu à faire
que ce n'est pas là, que j'admire le pouvoir de la Fée. Malheureux que je suis! continua-
t'il, d'éternels obstacles s'op-
poseront-ils à notre bonheur?
Me voilà donc privé pour ja-

mais du plaifir de vous poffé-
der ? mais pourquoi, lui dît
Néadarné, votre mal aïant
trouvé un reméde, n'y en auroit-il pas pour le mien. Je confens, reprit Tanzaï, que cette
efpérance me refte, mais en
me faifant entrevoir un bonheur à venir, détruifez-vous
ma peine préfente ? Ne me ferai-je trouvé tant de fois fur le
point d'être heureux, que pour
fentir plus vivement l'impoffi-
bilité de le devenir ? Ah Prince! reprit Néadarné, penfez-
vous que cet accident ne foit
rien pour moi ? Ma tendreffe

ne me le rend-il pas plus douloureux, peut-être, qu'à vous
même? Croïez-vous, qu'il ne
me soit pas bien senſible, que
mon amour ne vous refuſant
rien! le votre, ne vous offrant
pour toute félicité, que celle
qui nous manque, les obſtacles les plus cruels faſſent évanoüir nos plaiſirs! Le reſte de
la nuit ſe paſſa, ſoit en diſcours, ſoit en tentatives inutiles. Néadarné ne concevoit
pas comment, ce que le Prince offroit à ſes yeux, avoit pû
autrefois diſparoître, & le
Prince, qui ſe ſouvenoit de ce

que Néadarné lui avoit laiſ-
ſé voir, au deſeſpoir qu'il
n'en reſtât rien, faiſoit tout
pour en donner le démenti à
la Fée Concombre. L'eau de
Santé qu'il avoit bûë avec l'i-
dée de la mieux emploïer, faiſoit des effets étonnants, &
ſans les ſecours de Néadarné
dont la compaſſion le ſecou-
roit tant bien que mal, il ſe
ſeroit ſans doute mal trouvé
d'en avoir tant pris : d'autant
plus qu'il n'imagina pas que
dans cette cruelle ſituation, il
lui reſtât des reſſources. Ce
qu'il y a de remarquable, c'eſt

que Tanzaï qui avoit été affli-
gé sans modération de son
infortune, supporta assez patiemment celle de Néadarné,
il l'addoroit, mais il se voïoit
des motifs de consolation que
la premiere fois, il n'avoit
point eus. Il avoit résolu de
ne lui pas être infidele, lui
dût-elle être inutile toute sa
vie, mais il étoit bien-aise d'a-
voir de quoi le devenir, &
que la Princesse ne pût pas attribuer sa constance, à l'impossibilité de faire autrement.
Ce sentiment étoit délicat,
mais je ne sçais, si dans la sui-

te, il ne se seroit pas trouvé de difficile exécution. Néadarné, de son côté, étoit dans un dé-sespoir qui éclatoit malgré sa contrainte. Que fera au Prin-ce, disoit-elle en elle même, ma fidélité, & quel gré pour-ra-t'il me sçavoir de n'en ai-mer point d'autre que lui ? Qui me répondra même que tant d'événemens sinistres ne le déterminent pas à m'aban-donner, & qu'il ne me fasse pas responsable de la colere de l'abominable Concombre ? Hélas! quel sort est le mien? Je craignois, lorsque je pouvois satisfaire sa tendresse, que son amour ne s'éteignît, & je tremble à présent que rebuté par tant d'obstacles, il ne m'ôte à jamais son cœur. Ils étoient encore occupez l'un, & l'autre, de ces idées, lorsque le jour vînt. Le Prince ne voulant pas que le Peuple fût instruit de ce nouveau malheur, prit le parti d'aller trouver son Pere, & de consulter avec lui, sur les moïens qu'on pourroit mettre en œuvre pour desenchanter la Princesse.

CHA-

CHAPITRE II.

Ce qui fit que le Prince se fâcha.

LE Roi dormoit profondé-
ment, lorsque le Prince
alla tirer ses rideaux. Eh dou-
ble Singe ! s'écria le vieux Mo-
narque, que voulez - vous à
l'heure qu'il est ? Est- ce à vous
à me réveiller, que ne vous
tenez-vous auprès de Néadarné ? A votre place...Oh ! à
ma place, répondit brusquement Tanzaï, vous vous se-

II. P.   B

riez peut être levé de meilleu-
re heure que je ne fais. Eſt-ce
que vous ſeriez mécontent de
la Princeſſe ? Reprit le Roi,
tout au moins, bien élevée,
comme elle a été, elle eſt
équivoque: Eh de par la queüe
ſacrée ! dit le Prince impatienté, il n'eſt pas queſtion de cela. Néadarné n'eſt rien, ce
que je ſuis eſt inutile pour elle,
la porte des plaiſirs eſt murée.
ô Ciel ! que m'apprenez-vous?
s'écria le Roi, aſſemblons le
Conſeil. Eh mon Pere ! repliqua Tanzaï, que nous dira-
t-il ce Conſeil ? Votre Sécre-

taire voudra faire des incisions,
& Saugrénutio ordonnera que
l'on consulte le Singe : Ce dernier parti me semble le meilleur ; mais, il suffira que le
Singe soit consulté à huis clos,
& je ne prétends pas que l'on
soit informé de ce malheur,
nous deviendrions enfin les
objets de la dérision publique :
Faites avertir le Grand-Prêtre,
nous nous rendrons *incognito*
au Temple, nous nous som-
mes assez bien trouvez du premier oracle pour recourir à un
second. Je ne serois pourtant
pas content, quand j'y pense,

B ij

qu'il mît Néadarné aux mêmes épreuves que moi. Eh!
que vous importeroit, reprit
le Roi, quand Néadarné feroit un fonge? Quoiqu'il en
foit, dît le Prince, tâchons de
le lui épargner. Je fçais, que,
pour finir tout ceci, il ne faudroit que porter Saugrénutio
à lêcher l'Ecumoire, mais
comment le lui perfuader?
Rien ne le gagne, & la violence nous eft défenduë. Saugrénutio que le Roi avoit fait
avertir, entra. Concombre
qui l'avoit déja prévenu, lui
avoit dicté l'Oracle qu'il de-

voit rendre, & il étoit affez
inutile que le Prince prît, comme il le fît, la peine de le mettre au fait. Saugrénutio, après
avoir tout entendu, fût d'avis
d'aller fur le champ au Temple, parce que le Singe ne rendoit pas d'Oracles en Ville ; ils
s'y tranfportérent auffi-tôt, &
le Singe, après les cérémonies
accoutumées, rendit cet Oracle en Profe, afin qu'on l'en-
tendit mieux :

*La Princeffe ne fe reverra dans
fon premier état, que le grand
Génie Mange-Taupes n'en ait
difpofé felon fa fainte volonté.*

Selon sa sainte volonté : s'écria le Prince transporté de rage, je ne crois pas que cela arrive jamais. Bon ! dit le Roi, vous vous allarmez toûjours : Voilà comme vous étiez avant que de partir, cependant, que vous est-il arrivé ? Sçavez-vous quelle sera la volonté du Génie ? D'ailleurs, quand elle seroit ce que vous imaginez, ne vaut-il pas mieux s'y soumettre que de voir Néadarné, rester toûjours ce qu'elle est ? Non, il ne le vaut pas mieux, dit le Prince, & j'aime mieux une fois pour toutes, que Néa-

darné me foit inutile à jamais,
que de paffer entre les bras
d'un autre : Fauffe délicateffe,
reprit Saugrénutio, car au
fonds cela ne revient-il pas au
même. Pour un mal d'opi-
nion, vous vous privez d'un
bonheur réel. Oh ventre Singe ! s'écria Tanzaï, mêlez-
vous de vos affaires, fi l'on en-
voïoit la Prêtreffe, votre con-
cubine feulement, où l'on en-
voïe ma femme, vous feriez,
peut-être auffi fâché que moi.
Laiffez-le crier, dit le Roi, &
inftruifez-moi. Qu'eft-ce que
ce mange-Taupes ? Je ne crois

pas de ma vie en avoir entendu parler. C'eſt, répondit Saugrénutio, un Génie puiſſant,
proche parent de Concombre;
ſans doute il aura épouſé ſa
querelle; il eſt d'un tempéra-
ment fort amoureux, & l'Iſſe
Jonquille où il fait ſa demeu-
re ordinaire, n'eſt qu'un Ser-
rail compoſé des plus belles
perſonnes de l'univers: Toutes
celles qui ont affaire à lui, ſont
obligées de paſſer une nuit au
moins dans ſon Palais, on ne
ſçait, à vrai dire, ce qu'elles y
font, mais, s'il en faut croire
toutes les femmes qui en ſont
revenües,

revenües, c'eſt le Génie du monde le plus reſpectueux : Votre Majeſté ſent bien ce qu'on en peut croire ; cependant les maris ont le plaiſir de reſter toûjours dans le doute : En pareil cas, c'eſt une reſſource. Il eſt vrai interrompît Tanzaï, qu'elle eſt ſatisfaiſante, mais je vous jure que je n'en aurai pas beſoin. Il ſe peut bien, reprit Saugrénutio, & il y a un moïen preſque ſûr de le calmer ; plus on lui apporte de Taupes, plus il eſt indulgent, il y après de dix ans que la fantaiſie d'en man-

ger lui eſt venüe, c'eſt aujour-
d'hui la ſeule choſe dont il
faſſe cas. Nous aurons heureuſement dequoi le ſatisfaire,
dit le Roi, & cela me fera
plaiſir auſſi ; mes jardins ſont
déſolez par les Taupes,
& le Roïaume a le bonheur
d'en produire prodigieuſement. Je vais dès ce jour, faire
publier une ordonnance par
laquelle il ſera enjoint à chacun de mes Sujets, d'en apporter au moins dix : Mais, par
où va-t'on à cette Iſle Jonquille ? par la route que ſon Al-
teſſe a priſe, continua Saugré-

nutio, pourvû qu'après la Forêt, il ait soin de prendre à gauche.

Tout ceci, interrompît Tanzaï, est fort inutile, Néadarné ne sortira pas du Roïaume, & ce n'est point pour la voir maîtresse de Mange-Taupes que je l'ai épousée. Répudiez-la donc, reprit le Roi, puisqu'aussi bien nos Loix vous y contraindroient si la Princesse au bout d'un an, ne donnoit pas un héritier au Roïaume. Cette derniere raison fît taire le Prince, il se rendit enfin : L'on resolût d.

ne découvrir à personne le sujet du voïage, & de ne diffe-
rer le départ qu'autant de tems
qu'il faudroit pour emporter
toutes les Taupes du Païs. Ne
craignez rien , dit Saugrénutio au Prince, le Singe vient
de vous tendre la main, & je
suis certain après ce signe, que
le voïage sera heureux, & qu'il
n'arrivera rien à la Princesse.
Il a une aversion naturelle
pour les gens destinez à l'affront que vous craignez , ou
pour ceux qui l'ont essuïé. Il
vient pourtant, dit le Prince ,
de vous en faire autant qu'à

moi; je crois que ce figne ne
veut rien dire; mais, fortons
de ce Temple, & retournons
auprès de Néadarné, lui annoncer le voïage. Tanzaï, &
fon pere de retour au Palais,
trouvérent Néadarné fort inquiéte; elle le fût bien plus,
quand le Prince lui ap-
prît l'Oracle, & le projet du
voïage. Il eft inutile, dit-elle
à fon époux, que nous quit-
tions ce Palais, je ferois dans
l'Ifle Jonquille comme ici :
Moi ! entre les bras d'un autre
que vous, ne le croïez pas, je
refterois plûtôt toute ma vie

comme je fuis, que de regarder feulement ce Génie. Eh !
nous ne doutons pas de votre
vertu, dit le Roi; ne pleurez
point, Saugrénutio affûre qu'il
ne vous arrivera rien. En un
mot, dit le Prince, il le faut,
un preffentiment femble me
dire que nous ferons tous deux
contents. Ordonnez, je vous
en conjure, dit-il à fon Pere,
les apprêts de notre départ, je
vous demande pardon, mais
j'ai l'efprit fi peu tranquille,
que je ne puis me charger de
ce foin. Le Roi partit, & laiffa
Tanzaï effaïer inutilement,

s'il ne fuffiroit pas pour empêcher la Princeffe de voïager.

CHAPITRE III.

Qu'il faut bien fe garder de paf-
fer, tout impatientant qu'il eft.

LE Prince, voïant enfin
que toutes fes tentatives
étoient inutiles, fortît de Chéchian avec Néadarné ; l'un &
l'autre traînant à leur fuite,
vingt Chariots au moins chargés de Taupes : Ni l'un, ni
l'autre n'avoit l'efprit tranqui-
le. Tanzaï qui adoroit Néa-

C iiij

darné, ne fupportoit qu'avec
une douleur extrême, l'idée de
la voir entre les bras d'un autre, & Néadarné qui n'avoit
pas pour le Prince, des fentimens moins vifs, ne pouvoit
imaginer qu'elle ne devroit
fon changement qu'à une chofe, dont fon amour, & fa délicateffe, lui faifoient une image affreufe. Ils avoient déja
fait plufieurs journées que
leurs careffes avoient abrégées,
lorfqu'ils parvinrent dans une
Prairie fi variée par les fleurs
dont elle étoit émaillée, que
la Princeffe fatiguée de fa mar-

che, y fit tendre ses pavillons,
sur les bords d'un ruisseau qui
en embellissant ces lieux, y
répandoit une fraîcheur enchantée. Bientôt le murmure
de ce ruisseau, endormît les
deux amants, qui n'avoient
rien de mieux à faire. Après
que Tanzaï se fût reposé quelques heures sur le sein de Néadarné, voïant qu'elle dormoit
encore, il alla se promener au
tour de ce même ruisseau qui
formoit des méandres infinis ;
& il étoit occupé à se plaindre
en lui-même de la bizarrerie
de son sort, lorsqu'une Taupe

qui fortît brufquement de def-
fous terre , interrompît fa rê-
verie. Dans l'idée où il étoit
que plus il porteroit de Taupes au Génie, plus il auroit
d'égards pour Néadarné, on
peut croire qu'il n'épargna
rien pour fe faifir de celle que
le hazard lui offroit. A peine
l'eut-il prife qu'il lui trouva
une peau fi douce, tant de graces, de fi beaux yeux ! chofe fi
rare aux Taupes, qu'il n'y avoit
peut-être dans l'Univers que
celle-la qui en eût, que mû de
compaffion , il voulût d'abord
lui rendre la liberté, puis, par

un sentiment plus délicat, il
aima mieux qu'elle dût cet
avantage à Néadarné : il l'a
porta donc au Pavillon. Néadarné qui venoit de s'éveiller,
alloit chercher le Prince dans
la prairie, lorsqu'il parût avec
sa prise. Voïez, charme de ma
vie, lui dit-il, le joli animal
que je viens de prendre, assurément, ce n'est pas là une
Taupe ordinaire. Ah qu'elle
est belle ! s'écria Néadarné :
Quoi voudriez-vous la livrer
au Génie ? Son sort dépend de
vous, reprit-il, & je souscrirai
à tout ce que vous en ordonne-
rez.

Je la garderai donc , dit
Néadarné : Qu'elle eſt belle !
ajouta-t'elle , voïant qu'elle la
careſſoit , je veux qu'elle reſte
avec nous , j'en aurai ſoin moi-
même ; je ſuis peut-être la ſeule femme au monde , qui ait
une Taupe ſi merveilleuſe ; la
mienne ne me quittera jamais.
Les femmes ſe prennent ſouvent de paſſions violentes, ſans
trop ſçavoir pourquoi, & communément , plus les objets qui
les frappent ſont ridicules ,
plus elles s'y attachent avec fureur ; c'eſt ce qui ne manqua
pas d'arriver à Néadarné qui

se prît pour sa Taupe d’un
amour si vif, que si un quart
d’heure après, il l’avoit fallu
sacrifier au Prince, peut-être
qu’elle auroit balancé? On ne
doit point pour cela, avoir
mauvaise opinion de Néadarné: on avance, sans doute,
ceci témérairement, les femmes Chéchianiennes ne res-
semblent peut-être pas en fantaisies, à celles du reste du
monde. La Princesse, éprise
de sa Taupe, lui fît mettre
un colier, & la tînt en lesse
tant qu’elle se promena dans
la prairie, sans que cet ani-

mal témoignât jamais aucune envie de se remettre en liberté. Elle la porta elle-même dans son Palanquin, lorsqu'il fallût y remonter, & gronda Tanzaï jusques à se faire une querelle assez vive, de ce qu'il ne la caressoit pas assez. Après quelques jours d'une marche qui ne fût interrompuë par aucun événement, on découvrît la Forêt. Tanzaï qui la reconnût pour celle où il avoit rencontré la Fée au Chaudron, ne pût s'empêcher de soupirer en songeant à l'avanture funeste dont cette rencon-

tre avoit été fuivie. Auffi-tôt,
& fuivant le Confeil de Saugrénutio, il fît prendre à gauche ; il fe fentoit le cœur dans
ce ferrement cruel qui nous faisît à l'approche d'un malheur.
C'eft donc bien-tôt, dit-il à
à Néadarné en foûpirant, que
je vais vous quitter ? C'eft donc
moi, qui vous aimant éperdûment, vous remet prefque entre les bras d'un autre ? Un
fort cruel m'y contraint ; ah !
la néceffité de mourir me feroit moins affreufe. Néadarné !
vous m'oublierez, vous ferez
la proïe des défirs d'un Gé-

nie qui, tout affreux qu'il eſt ſans doute, vous plaira peut-être plus que moi.

Eh bien, Prince, lui dit Néadarné, retournons ſur nos pas. Vous ſçavez avec quel regret j'obéis : vous m'aſſurez que vous m'aimerez toûjours, contente de cette promeſſe, ſûre de poſſéder votre cœur, qu'aurois-je à deſirer ? Le bonheur de votre vie dépendoit, diſiez-vous, de mon changement de forme, je me ſuis ſoumiſe, pour vous plaire, à tout ce qui pouvoit m'en arriver. J'ai fait taire mes répugnances,

gnances, tout ce que me fug-
géroit ma vertu, tout ce que
m'infpiroit mon amour. Eh
que m'importe? Hélas! fi votre paffion pour moi ne dimi-
nüe pas, de refter comme je
fuis: vous fçavez à quel point
je vous aime, & loin de compter fur ma fidélité, vous ofez
imaginer que celui que vous
me contraignez de recher-
cher, pourra me plaire. Fût-il,
ce qui ne fçauroit être, fût il
ce que vous êtes, mon cœur
gémiffant avec lui, ne penfe-
roit encore qu'à vous. J'igno-
re fi ces plaifirs que vous van-

D

tez, font auffi vifs que vous
le dites, mais quoiqu'il en foit,
je crois qu'ils ne peuvent tenir
que de l'amour ce charme
que vous leur attribuez. Je fens
que vous me faites naître des
defirs, mais vous feul donnez
à mon ame ces mouvemens
impétueux. Ce Genie, dont
l'idée vous afflige, & me tour-
mente, me fit-il éprouver cette volupté dont vous m'avez
parlé tant de fois, que vous
dites que je n'ai fentie qu'im-
parfaitement entre vos bras,
au milieu de ce defordre, n'é-
tant plus à moi, je ferois en-

core à vous. Ah ! voilà préci-
fement, s'écria Tanzaï, ce
Quiétifme affreux que je
crains ! Voilà ces diſtinctions
cruelles que l'efprit fait, & que
le cœur ne fent pas ! Auffi heureufe avec ce Génie, qu'avec
moi, il ne vous manqueroit
qu'une idée de volupté qui
même ne vous occuperoit
qu'après, & tout ce que votre
amour me donneroit, feroit
d'imaginer que, peut-être, je
vous aurois fait plus de plaifir.
Soit, répondit Néadarné en
colere, mais que je ceffe de
vous aimer, fi je vais trouver

le Génie. Pour vous, rompez
un Hymen qui vous devient
odieux, Néadarné vous aime
affez pour confentir aux dé-
pends même de fa vie à ce que
votre indifférence pour elle
peut vous fuggérer. Le Prince
répondît brufquement à ce
reproche, la Princeffe s'offen-
fa de fa réponfe, & l'aigreur
alloit fe mettre entr'eux, lorfque la Taupe qu'on n'auroit
jamais foupçonnée de fçavoir
parler, impatientée de cette
ridicule querelle, ne pût s'empêcher de dire, en hauffant
les épaules, par la jernie! que

les amans font fots! ah Ciel ?
s'écriérent-ils tous deux. Ah !
continua la Princeſſe, ma
Taupe parle.

Je fuis bien trompé, dit
Tanzaï, fi ce n'eſt encore la
maudite Concombre qui me
pourſuit : Avez-vous entendu
comme elle a juré? Pour le
coup, je l'étrangle, puiſqu'enfin je fuis à même. Arrêtez,
Prince généreux ! s'écria la
Taupe, ne me confondez pas
avec votre plus cruelle enne-
mie, ne me tuez pas, vous aurez befoin de moi. Repos de
mes jours ! épargnez-la, s'é-

cria la Princeſſe. Quelle ſim-
plicité ! repondit-il en tâchant
de l'étouffer , ne voïez vous
pas que c'eſt Concombre ? Eh
non ! je ne ſuis pas elle , crioit
la Taupe , je ſuis la Fée Mouſtache , Couſine - germaine ,
& amie de Barbacela. Prenez
garde à ce que vous allez faire.
Dans le fonds , dît le Prince
en ſe calmant , elle peut avoir
raiſon , mais par quelle avanture êtes vous Taupe ? C'eſt
ce que vous ſçaurez bien-tôt ,
reprit Mouſtache ; mais , avez-
vous le tems de m'écouter ? Je
crains mortellement , d'être

d'une longueur inoüie. Qu'importe, dit le Prince, nous n'a-
vons rien de mieux à faire.
Alors, la Taupe commença
son histoire ainsi qu'on le verra dans le Chapitre suivant.

CHAPITRE IV.

Qui ne sera peut-être pas enten-
du de tout le monde.

J'Ai pour Aïeul le grand Génie Chou-Macha : Quant
à mon Pere, je ne l'ai jamais
bien connu : la Fée Chingara
ma Mere, n'a jamais voulu le

déclarer, foit qu'elle n'en fût
pas bien fûre, foit que le choix
qu'elle avoit fait, ne lui fît
point honneur : Car ce n'eſt
pas toûjours pour ſe donner
un air de réſerve que les femmes n'avoüent pas leurs avantures, il ſemble que quand la
vanité eſt flattée de la condition d'un amant, la vertu y
perde moins. L'on eſpéra beaucoup de moi dans mon en-
fance! que je vous en raconte
quelques traits, je n'avois pas
encore quatre ans... Ne pourriez-vous pas, interrompît
Tanzaï, prendre l'Hiſtoire
d'un

d'un peu plus haut ? Eh bien,
vous étiez fort jolie fans doute,
en votre enfance ; mais, paffons au tems où vos agrémens
vous fûrent de quelque chofe.
Volontiers ; dit la Taupe. On
me nomma Mouftache, parce
que dans ma figure naturelle,
j'en ai une fort longue du côté
gauche. Barbacela, ma proche parente, & ma Marraine,
voulût abfolument m'éléver,
& Chingara, y confentît d'autant plus volontiers, qu'outre
qu'elle connoiffoit ma Marraine en état de me donner
une bonne éducation, elle n'é-

II. P. E

toit pas fâchée qu'on ne vît
pas si près d'elle une fille qui,
dans la suite, pourroit effacer
ses agrémens.

Barbacela me porta dans
l'Isle Babiole, dont elle est
Souveraine; c'est sans contre-
dit, le Païs du monde le moins
nébuleux; les hommes ne s'y
occupent que de Ponpons, &
de Madrigaux. Les femmes
n'y ont d'autre soin que celui
de plaire, & s'il arrivoit qu'u-
ne d'elles, poursuivie par un
amant, fût assez distraite sur
les bienséances du Païs pour
prononcer seulement le mot

de vertu, elle feroit bannie
pour un an, de toute fociété.
Je ne prétends pas dire que
l'on fe convienne d'abord ; la
réfiftance dure au moins deux
jours, & nous n'avons gueres
vû de femmes fe rendre aupa-
ravant : cela n'eft pourtant pas
fans éxemple à la Cour. Ces
mœurs vous paroiffent fingu-
lieres, & vous avez tort. Qu'u-
ne femme, de celles qu'on
nomme parmi vous, vertueufes, vous faffe attendre un
mois, ce terme eft long. Eh
bien ? à la fin de votre martyre, que vous donne-t'elle que

ce qu'une autre, moins en-
goüée de décence, vous donne d'abord? Car, voïez-vous,
cela revient au même, le tendre eſt effectif dans le fonds:
Au milieu des rebuts étudiez
d'une femme, on a toûjours
ſa défaite en perſpective; qu'elle ſe précipite, ou qu'elle at-
tende, elle arrive enfin; mais
l'imagination a trop été au-devant d'elle, on a beau tirer le
deſir par la manche, on a peine à l'éveiller, & s'il arrive
qu'il s'éveille, le plaiſir à qui
il fait ſigne de trop loin, ou
ne vient pas à tems, ou ne ſe

foucie plus de venir. La vertu n'eft qu'une Baliverniere qui cherche toûjours à vous faire perdre du tems, & quand elle croit avoir mis l'amour dehors.... recommencez un peu ce que vous venez de dire, interrompît Tanzaï, que je meure! fi j'en ai entendu une fyllabe. Quelle langue parlez-vous là ? Celle de l'Ifle Babiole, reprit la Taupe. Si vous pouviez me parler la mienne, vous me feriez plaifir, repliqua-t'il, & comment faites-vous pour vous entendre ? Je me devine, reprit la Taupe,

E iij

mais laiffez-moi continüer, je ne fçais plus où j'en fuis. Où la vertu Baliverne, dit Néadarné. Eh non! dit Mouftache, ce n'étoit qu'une réfléxion. Je ne fçais donc plus, dit Néadarné, ce que c'étoit que l'Hiftoire, ah! vous en étiez à ces femmes qui fe rendent d'abord. Ma Marraine, reprit la Taupe, m'élevoit dans les mœurs du Païs, & je commençois déja à fçavoir ce que c'étoit que mon vifage lorfque je fortis de l'enfance. Avant un certain âge, on fe voit fans s'appercevoir, on n'étudie pas ses agrémens, on ne sçait pas ce qu'ils valent, on les a loin de soi, le seul desir de les éprouver les développe à nos regards; on commence alors à s'imaginer. Sans les hommes, une femme seroit belle sans le sçavoir, sans s'en douter, & rien de plus. Je me voïois convenablement pour moi-même, lorsque le Génie Jonquille arriva dans notre Isle. J'étois vive, agaçante, & ma beauté étoit, pour ainsi dire, tappée de coquetterie. Il prît pour moi la passion la plus vive, mais le Prince des Cor-

morans qui étoit arrivé une
demie heure avant lui, m'a-
voit vüe, regardée, émûë.
En fait d'amour, on dépend
d'une seconde. Le Génie ne
sçut pas qu'il étoit venu trop
tard, je m'apperçus à regret
de sa passion, & cette décou-
verte m'obligea à cacher la
mienne. Comme on ignoroit
mon amour pour Cormoran,
on fût surpris de l'indifférence
que je montrois au Génie; ce
fût en vain qu'il mît en œuvre
ses agrémens, & ses soupirs;
toute la justice que je lui ren-
dois, n'alloit qu'à l'estime, &

c'eſt un ſentiment trop peu diſtingué pour quelqu'un qui s'eſt flatté d'en inſpirer de plus vifs.

Les Fêtes les plus brillantes, les préſents les plus magnifiques, les ſoins les plus ſoumis, le reſpect le plus timide, étoient les ſeules armes dont il ſe ſervît pour vaincre ma rigueur. Je diſſimulai long-tems avec lui. Je ſçavois que mon amant avoit tout à craindre de la colere de Jonquille, s'il pouvoit le ſoupçonner d'être ſon rival : Je me contentois donc de le voir en ſecret, & de lui ſa-

crifier les vœux, & les préfens
du Génie. J'ai fçu, depuis,
que cette coutume n'eft pas
nouvelle, & que ce qu'on
tient de l'amant riche, fert à
achetter celui dont on a l'imagination bleffée. Je craignois
d'autant plus que le Génie ne
foupçonnât Cormoran, qu'il
n'y avoit que lui dans notre
Cour, digne d'attirer mes regards. C'étoit le plus beau
danfeur du monde, perfonne
ne faifoit la révérence de meil-
leure grace, il devinoit toutes
les énigmes, joüoit bien tous
les jeux, tant de force, que

d'adreſſe, depuis le Trou-Ma-
dame, juſques au Balon. Sa
figure étoit charmante, & em-
paquetée, ſi l'on peut le dire,
dans les agrémens les plus rares; il ſçavoit accompagner
de toutes ſortes d'inſtrumens,
une voix charmante qu'il
avoit. Joüoit-il bien de la Vielle? Demanda bruſquement
Tanzaï. C'étoit, reprit la
Taupe, un de ſes inſtrumens
favoris. Tant mieux, dit-il,
il n'y en a point de ſi merveil-
leux, mais, continüez votre
Hiſtoire, je prends actuellement beaucoup de part à votre

Prince. Outre les talens que
je viens de nombrer, continua-t'elle, il faifoit joliment
des vers. Sa converfation en-
joüée, & férieufe, fatisfaifoit
également par fes graces, &
fa folidité. Auftére avec la
Prude, libre avec la Coquette,
mélancolique avec la tendre,
il n'y avoit pas une Dame à
la Cour dont il ne fît les déli-
ces, & pas un homme, dont
il ne créat la jaloufie. La fu-
périorité de fon efprit ne le
rendoit pas infociable; com-
plaifant avec fineffe, il fçavoit
fe plier à tout ; il poffédoit

mieux que perſonne, ce lan-
gage brillant de notre Iſle: il
n'y avoit perſonne qui ne fût
comblé de l'entendre, & quoique cet être farouche intitulé
le bon ſens, n'agît pas toûjours civilement avec ce qu'il
diſoit , l'élégance inſoutena-
ble de ſes diſcours, faiſoit qu'il
n'y perdoit rien, ou que le
bon ſens, caché derriére une
multitude miraculeuſe de mots
placez au mieux , auroit paru
d'une inſipidité affadiſſante à
ſes Sectateurs les plus abſur-
des, s'il eut été vêtu moins légérement. En effet, la raiſon

eſt vulgaire, elle paroît toûjours ce qu'elle eſt , elle craint
de ſe noïer dans l'enjoüement,
& ne manque pas de faire un
ſault en arriére , quand une
idée ſinguliérement tournée
ſe préſente, ou qu'une imagination lumineuſe ſe place
commodément dans le cœur.
Après cela , ſi elle triomphe ,
c'eſt d'une façon ſi inſultante
pour l'humanité, l'amour pro-
pre le mieux élevé , y trouve
tant de décri, y perd tant de
ſes graces, prend ſi mauvaiſe
opinion de lui-même , qu'il
faudroit qu'il fût bien ridicu-

le, pour ne lui pas rompre en
vifiére. L'efprit, eft d'un caractére plus fociable, la dignité de fes maniéres, fait fentir que fon éducation a été
fouftraite aux préjugez : Ce
qu'il penfe eft à lui, ne tient
à rien, s'ifole de lui-même;
il s'éléve, fans prendre de fe-
couffe : Ce que la réfléxion
produit, s'appéfantir fous le
travail qu'elle caufe; ce que
l'imagination enfante, eft au-
dacieux; l'une abforbe par fa
gravité, l'autre reveille par fa
pétulance. On voit long-tems
la prémiere fur la route, l'au-

tre, se présente inopinément.
La réfléxion réprime, sa jus-
tesse n'est qu'indigence, prétexte de l'esprit foible qu'elle
anéantir, à mesure qu'elle le
flatte. L'esprit indépendant
de tout, fait ses opérations
sans calcul ; son effet, toûjours
séduisant, plus prompt que
l'éclair, brille, étonne, é-
bloüit, il prend toutes les formes qu'on veut ; toûjours noble, son auguste, même dans
le badin, parle en faveur de
sa naissance, & la raison toûjours Bourgeoise auprès de lui,
silentieuse par sécheresse, suc-
combe

combe malgré elle en augmen-
tant par fa mauvaife humeur
le triomphe de fon rival. Vrai
Singe ! s'écria le Prince. Ah !
dit Néadarné pénétrée de plaifir, ah ! que cela eft beau. Sans
notre Taupe, nous nous fe-
rions ennuiez à périr. Je fuis
charmée, reprit Mouftache ,
que mes idées ne fe perdent
pas auprès de vous , je me fuis
bien doutée que votre goût
n'étoit rien moins que puerile.
Mais peut-on , dit Néadarné,
apprendre fans peine ce lan-
gage ; n'ôte-t'il rien à l'indo-
lence du repos ? Pour moi ,

II. P.   F

reprit Tanzaï, je crois que
non, & j'imagine qu'avec les
difpofitions que je vous vois,
& les leçons que Mouftache
vous donnera, vous parlerez
bientôt auffi fuperficiellement
qu'elle-même. Mais, quelle
mifére! ajoûta-t'il, de fe fervir de ce mauffade Jargon.
Vous reftez, deux heures, fur
la raifon, & fur l'efprit, pour
ne me donner ni de l'un, ni
de l'autre. Si vous continuez
votre Hiftoire fur ce ton-là,
je ne réponds pas que je l'en-
tende patiemment. Laiffez le
dire, interrompit Néadarné,

au vrai, c'eſt au mieux, vous
parlez, de tout point comme
un charme. Le Prince, hauſſa
les épaules, & Mouſtache,
reprit ainſi ſon récit.

CHAPITRE V.

Comme le précédent.

VOus conviendrez aiſé-
ment, je crois, après ce
que je viens de vous dire de
Cormoran, que mon goût
pour lui, étoit juſtifié ; un ſeul
de ſes regards auroit ſuffi pour
tourner la tête à la femme la

moins susceptible, ainsi, il n'est pas surprenant que son mérite ait fait sur moi, une si vive impression. Tant de passions ne sont fondées que sur le caprice, que je suis bien-aise de vous faire voir que la mienne ne s'étoit pas déterminée sur rien. La premiére fois que je le vis, (& l'amour ne peut naître que du premier moment) qui ne l'auroit aimé ! il étoit au Cercle chez Barbacela : Les hommes les plus galans de la Cour, étoient consultés par nos Dames sur le choix des ajustemens, sur les

modes , & la difficulté d'en
imaginer de nouvelles; c'étoit,
comme vous voïez , une matiére importante; chacun s'ef-
fòrçoit de briller , le Prince
qui venoit d'arriver à la Cour,
résolût avec tant de folidité,
les cas difficiles qui fe préfen-
térent, inventa des modes fi
jolies, qu'il n'y eut perfonne
qui n'admirât fa fageffe, &
fon imagination. Pour moi,
j'en fus frappée *incognito* jufques au fonds du cœur : Une
attention particuliére qu'il parût faire à ma perfonne, fixa
le penchant que je me fentois

déja pour lui, & je m'aidai fi bien de mes réfléxions, que quand le foir je le quittai, ma paffion ne pouvoit plus augmenter. L'agrément de fon efprit qui fe développa dans la liberté du repas, acheva ma défaite; quelque chofe d'obligeant qu'il me dît fur ma beauté, & le filence qu'il garda avec toutes les autres, me convainquirent que fon cœur n'étoit plus tranquille: Car, cela s'apperçoit aifément, l'amour eft un fentiment qui dérange l'ame, & qui pour s'y mettre à fon aife s'empare de

toutes ſes fonctions, & ne les
laiſſe agir qu'à ſon profit. Mon
cœur qui ſembla, au premier
coup d'œil, s'entendre avec le
ſien, abjura toutes ſes bien-
ſéances, & par une étourde-
rie inconvenable, marcha ſur
le ventre à toutes les idées de
raiſon qui auroient pû le con-
tredire. Nous nous rencontrâ-
mes à ſoupirer enſemble, & ſi
nous étions reſtez plus long-
tems l'un avec l'autre ce ſoir-
là, nos deſirs ſe feroient cou-
chez moins enfans qu'ils ne fîrent. Je ne ſçais pas ce qu'il fît
de ſa nuit, pour moi, le ſom-

meil voulût en vain s'emparer
de mes sens , quelques conseils
qu'il me donnât , j'aimai
mieux en croire l'amour, qui,
tous neuf dans mon cœur,
l'occupoit plus agréablement
que n'auroit fait sans doute le
songe le plus aimable. Qu'est-
ce en effet que le sommeil
quand on aime ? Quelques
douceurs qu'il vous apprête ,
vaut-il le desordre raisonné
de votre imagination ? Sur-
tout , quand sûr d'être aimé ,
l'espérance flatteuse arrange
vos objets comme vous pourriez les souhaiter. L'on n'a
dans

dans un fonge que des idées indiſtinctes, heureuſes quelquefois, mais fouvent contraires à leur ſource. Quand on penſe ſoi-même à ce qu'on aime, on lui fixe ſon emploi, on le porte où l'on veut, & la paſſion qui le détermine, ſçait toûjours le faire amuſant. A peine étois-je levée, que Cormoran entra dans mon Appartement, j'étois alors dans un Cabinet reculé. Il oſa troubler ma retraite; le trouble, & les deſirs, qui étoient peints dans ſes yeux, ſon ſerieux timide, me prouvérent que j'étois ai-

H. P.   G

mée. Je l'avoüerai, je n'eus pas
la force de lui rendre sa conquête douloureuse, & d'ailleurs, mon rang m'obligeoit
à faire les avances. Un coup
d'œil favorable le rassura donc,
& sans y trop interresser ma
vertu ; car, voilà à quoi sert
l'usage du monde : Sans paroître le souhaiter, je l'amenai
au point de me faire sa déclaration. Je ne me souviens pas
à présent de quelle maniére il
la tourna, mais elle fût intel-
ligible au point qu'il ne tînt
qu'à moi de faire semblant de
m'en fâcher. Il ne me conve-

noit pas d'y répondre tout d'un
coup, mais aussi, ne voulant
pas le défesperer, je lui fer-
rai la main, geste indifférent
dans le fonds, & sur lequel on
peut toûjours s'excufer quand
il ne réüssit pas. Je ne voulûs
pas, quoique fûre qu'il m'aimoit, en hazarder davantage.
Les premieres avances doivent
être modérées : Pour peu qu'un
amant ait d'efprit, il les en-
tend, quitte à les poußer fans
ménagement, s'il ne fçait pas
les entendre. Je n'en fus pas à
cette peine-là avec Cormoran,
il fçavoit que toute main qui

ſerre, veut un baiſer ; il le prît
donc , il rougît du plaiſir qu'il
en eut , & je rougis auſſi , mais
de ce qu'il ne recommençoit
pas à en prendre. Je jettai ſur
lui un regard qui me fatigua
étrangement ; il mouroit d'envie d'être tendre , je n'étois pas
fâchée qu'il le fut ; cependant
il ne devoit pas le paroître : je
fis en ſorte qu'il ne fût qu'interdit, qu'il n'exprimât que la
colere où j'aurois dû être ,
mais je n'y réüſſis pas , & l'a-
mour qui le guidoit , le fît
comme pour lui même , avant
que j'euſſe ſongé ſeulement à

en corriger l'expreſſion. Si j'a-
vois eû affaire à quelqu'un de
moins pénétrant, j'aurois pû
m'en ſauver, mais ce traître
de Cormoran le prit pour bon,
pour ce qu'il étoit, pour ce
que je ne le vöiois pas. Pour
m'en remercier, il baiſa encore ma main que je n'avois pas
ſongé à retirer d'entre les ſien-
nes ; il étoit émû, je commençois à raiſonner, moins qu'à
ſentir, il étoit à mes genoux,
c'eſt une attitude qui frappe
toûjours, & qui n'eſt point du
tout indifférente ; ſi elle prou-
ve du reſpect, elle met en mê-

me-tems à portée d'en manquer.

Je me baiſſai, uniquement
pour engager Cormoran à ſe
relever, il ſaisît ce moment
pour me ſurprendre un baiſer
qui me pénétra : c'étoit le premier de ma vie, tous mes ſens
ſe troublerent, ma tête malgré moi reſta panchée ſur la
ſienne, j'ai éprouvé depuis la
même volupté, elle m'a toûjours été chere, mais elle ne
m'a jamais été ſi ſenſible. Je
ne ſçais ce qu'en ce moment
Cormoran faiſoit de lui-même, je crois que s'il avoit été

moins égaré, j'étois perdüe.
Lorfque je revîns de mon trouble, le Prince étoit encore
dans le fien, fes yeux étoient
chargés d'une tendre lan-
gueur, fes foûpirs étoient in-
terrompus, fon cœur preffé
ne les lui fourniffoit qu'avec
peine. Quel bonheur, qu'a-
lors il ne pût rien entreprendre! l'inftant de fa déclaration
auroit été celui de fon bonheur, c'étoit une chofe d'ufage à la Cour, mais je ne vou-
lus pas m'y foumettre. Je con-
noiffois affez les hommes pour
fçavoir qu'ils attribüent une

conquête trop prompte, moins
à l'amour qu'on a pour eux,
qu'à l'habitude de se rendre;
qu'ils aiment mieux mortifier
leur vanité, que de ne pas humilier la notre, & cette raison
me retînt, où la pudeur ne l'auroit sçu faire. Ah Prince! dis-
je à Cormoran, laissez-moi,
ne seroit-ce pas à vous à me
deffendre de ma foiblesse?
N'augmentez pas l'inutilité de
ma raison, revenez à vous,
rendez-moi à moi-même; je
vous aime, helas! vous n'en
pouvez pas douter, les preuves de ma tendresse en ont de-

vancé l'aveu. Qu'il m'eft doux
de ne vous avoir pas tout donné, & de fonger que mon
amour a encore mille préfens
à vous faire ! joüiffons du plaifir de nous adorer , abandon-
nons nous-y , que nos jours
s'écoulent dans notre ardeur ,
qu'ils ne renaiffent que pour
nous y retrouver ; que le préfent en nous rappellant le paffé
nous encourage à nous aimer
fans ceffe , & puiffions-nous ,
dans l'avenir , n'envifager encore que le bonheur qui nous
pénétre aujourd'hui ! heureux
d'être tous deux immortels !

plus heureux, de rendre notre amour auffi éternel que
notre éxiftence? Ah! divine
Fée, s'écria Cormoran, je ne
puis plus fuffire à mes tranfports, vos bontez me confon-
dent: ne pouvoir vous en exprimer ma reconnoiffance,
n'eft-ce pas vous prouver combien elles me pénétrent? Mais,
vous ne concevez pas encore
vous-même, à quel point elles
me font précieufes. Content
de vous adorer, quand même
vous m'auriez accablé de rigueurs, jugez, s'il fe peut,
de mes tranfports quand je

vous vois partager ma flamme. Heureux de vivre pour
vous adorer, pour vous con-
facrer tous les momens de ma
vie ! mais malheureux de ne
pouvoir mourir, fi jamais vous
changez pour moi. Cepen-
dant Jonquille vous aime ;
quel rival ! & fi je n'ai pas à
redouter votre inconftance,
que ne dois-je pas craindre de
fon pouvoir, & peut-être de
fes agrémens ? Je l'avoüerai,
lui dis-je, il s'eft déclaré pour
moi, mais je n'aurai pas long-
tems à contraindre ma tendreffe, & à fupporter la fienne.

J'emploïerai tant de foins à la rebuter, & à vous rendre heureux, qu'il gémîra de douleur, autant que vous foupirerez de plaifir. Une paffion qui n'a plus d'efpoir, s'irrite d'abord, mais s'attiédit. Ennuïé du peu de fuccès de fes foins, bientôt, croïez-moi, fa fierté lui fera porter à une autre, des vœux qu'il verra méprifez ; Mais, contraignons-nous ; tout Génie que vous êtes, vous fçavez combien fa puiffance eft au-deffus de la votre ; ne pouvant trancher vos jours, du moins il les rendroit malheureux, fans doute, nous ne nous verrions plus. Ah ! je ne puis y penfer fans frémir. Contents de pouvoir, en public, nous dire par nos yeux que nous nous aimons, refervons-en les preuves pour des lieux dont nous ferons fûrs ; Mais, fortez d'ici, je craindrois, qu'on ne nous y furprît, & qu'on ne devinât la caufe de l'embarras où nous fommes tous deux ; dans une Cour où l'amour fait la principale affaire des Courtifans, il ne feroit pas équivoque. Le Prince, qui craignoit que cette paffion violente que

je lui marquois, ne fût qu'un
caprice, auroit bien voulu,
avant de fortir, que des faveurs plus marquées réalifaf-
fent fon bonheur, mais ce n'é-
toit pas mon intention de porter fi loin ma foibleffe. J'imagine bien que ce n'étoit pas
par vertu que j'étois fi réfervée ; je ne fçais pas non plus,
fi c'étoit par délicateffe, mais
j'ai peine à croire, fi je n'avois
pas fait fortir Cormoran, que
j'euffe pû refter avec lui où
j'en étois. Ses yeux étoient fi
tendres, & j'étois fi foible !
d'ailleurs, il m'avoit marqué

tant de tranſports pour une
bagatelle, que j'aurois voulu
voir à quel excès auroit été ſa
reconnoiſſance, ſi je lui avois
donné plus de lieu d'éclater.
Il ſortît à regret, & je tâchai
de lui cacher que c'étoit à regret auſſi que je le laiſſois ſortir. A peine fûs-je ſeule que je
me fis des reproches, non de
ce que j'avois fait, mais de l'a-
voir renvoïé ſi content. J'aurois été au déſeſpoir qu'il eut
douté de mon cœur, & je ne
trouvois pas à propos qu'il en
fût ſi ſûr. Quoique je ne ſçûſſe
pas bien encore, tout ce que

nous perdons auprès d'un
homme, quand nous avons
satisfait ses desirs. Je me doutois bien, quelque enflammé
qu'il puisse être, qu'au moins
il a perdu le plaisir de la curiosité; & je sentois, par moi-
même que ce plaisir tient de la
place dans l'ame, & que pour
le même objet il n'y peut loger
qu'une fois. J'avois résolu,
malgré ma passion pour Cormoran, de le laisser long-tems
desirer, d'être quelquefois douteuse pour lui; mon amour
souffroit à imaginer cette po-
litique, mais elle me parût si
nécessaire

néceſſaire, que je ſurmontai
mes répugnances à cet égard.
Quand je le revis dans la journée, mes yeux fûrent plus
müets qu'ils ne l'avoient été
le matin, j'y laiſſai même une
impreſſion de froideur qui le
deſeſpéra ; il eſt vrai que certaine du chagrin que je lui
avois cauſé, un regard tendre,
& plein de feu que j'appuïai
ſur lui, travailla à lui rendre
ſes premiéres eſperances. Je
ſçais que dans le monde, les
hommes appellent ce manége
de la coquetterie, mais pour
qui travaillons-nous, ſi ce n'eſt

II. P.   H

pour eux? Quels charmes ne
trouveroient-ils pas bien-tôt
infipides, fi nous ne prenions
le foin de réveiller leur cœur?
Les aimons - nous toûjours
tendrement ? Sûrs de nous
trouver dans une égalité con-
ftante, ils ne la defirent plus:
Un caprice auquel ils ne s'attendent point, les tire de leur
Léthargie, ils fe voïent avec
défefpoir, fur le point de perdre un bien dont ils ne joüif-
foient plus qu'avec non-cha-
lance. Le mouvement qu'ils
fe donnent pour fe le faire rendre, renouvelle leurs fenti-

mens; ils ne se souviennent
plus que nous étions à eux, ils
veulent que nous y soïons. Notre perte prochaine leur fait
seule sentir combien nous leur
étions necessaires, ils nous en
en aiment davantage, & par
conséquent, nous en devien-
nent plus chers; le cœur y gagne des deux côtez, c'est un
surcroit de tendresse qui lui
arrive. Un amant n'a-t'il point
de fantaisies à essuïer, point
de rivaux à craindre, il croit
qu'il n'aime plus, ou du moins,
que ce n'est plus que par habitude, ou par reconnoissance.

N'eſt-ce pas un ſervice à lui
rendre, que de lui ôter une erreur qui éteint ſes plaiſirs? L'a-
mant tendre revient, quand
la maîtreſſe ſenſible diſparoît;
les faveurs qu'il recevoit ſans
deſirs, redeviennent plus pi-
quantes pour lui, que la premiere fois, dès qu'il a pû imaginer qu'elles lui ſeroient ra-
vies; il ne conçoit même pas,
comment il a pû les négliger.
Au milieu d'un raccommo-
dement inattendu, quel triomphe pour nous! quel charme
pour lui! de ſentir renaître
dans ſon cœur, un ſentiment

qu'il n'y diſtinguoit plus. L'a-
mour, n'eſt que ce que nous.
le faiſons ; ſi nous le laiſſions.
comme la nature nous le donne, il ſeroit trop uni ; ſans délicateſſe, il ſeroit ſans volupté ; nous ne devons ce bien:
qu'à nous-mêmes ; il falloit le
rendre difficile pour le rendre
agréable ; notre empire ſur les
hommes dépend de nous., &
quand il nous arrive de le perdre, ce n'eſt jamais qu'à notre
peu d'adreſſe que nous devons.
nous en prendre ; s'ils nous en
privent, ce n'eſt pas leur faute : Hélas! les pauvres gens

qu'ils font! n'y penferoient
pas d'eux mêmes; Déterminez
pour l'efclavage, ils ne quit-
tent une chaîne que pour rentrer dans une autre; ils fentent
qu'ils font faits pour être toûjours dominez : Mais voulons-
nous les fixer? ne leur offrons
jamais un bonheur parfait;
comblons leurs defirs, mais ne
les anéantiffons pas, au milieu des plus grandes voluptez
qu'il leur manque quelque
chofe, ne fût-ce même qu'un
foûpir! le defir ne meurt que
d'être comblé, & c'eft une
maladie qui ne lui arrive, que

quand nous ne voulons pas la
lui épargner. Ah quel enchantement ! s'écria Néadarné. En
honneur ! Taupe, ma mie, dit
Tanzaï, je n'ai de ma vie
rien entendu d'aussi extraordinaire que vous. Les belles réfléxions ! dit encore Néadarné.
Quand il seroit vrai, reprit
Tanzaï, qu'elles fûssent aussi
belles que vous le dites, je ne
les en aimerois pas davantage.
Je les trouve longues, & dé-
placées, & je ne sçache rien
de si ridicule que d'avoir de
l'esprit mal-à-propos. Il y a
trois heures au moins, que

Mouſtache nous tient en ha-
leine pour une Hiſtoire que
j'aurois faite en un quart d'heure. Je crois que pour conter
agréablement, il faut être naïf.
Si, par hazard, un fait four-
nit une réfléxion, qu'on la
faſſe, mais qu'elle n'anéantiſſe
jamais le fonds; qu'elle ſoit
courte, qu'elle ramene l'Au-
diteur à l'attention qu'il doit
avoir pour le narré qu'on lui
fait, & que l'on s'épargne,
ſur tout, cette envie de briller
qui contraint l'eſprit, & lui
ôte le naturel: partie! ſi néceſſaire à quelque genre que

ce

ce puiſſe être, que ſans elle,
je ne trouve point de vraïes
beautez. Je ne parle plus à
Mouſtache de ſon Jargon, je
vois qu'il eſt né avec elle;
mais, à propos dequoi, ce
monceau d'idées, toûjours les
mêmes, quoique différem-
ment exprimées? Pourquoi,
ces choſes dites cent fois, &
revêtuës pour réparoître encore, d'un goût qui les rend bizarres, ſans les rendre neuves?
Que me ſert à moi qui ai envie d'être promptement au fait
de votre Hiſtoire, de ſçavoir
toutes les réfléxions que vous

II. P.   I

avez faites, après coup, fur
vos avantures? Et, une bonne
fois pour toutes, Taupe, mes
amours, des faits, & point de
verbiage. Vous pouvez avoir
raifon, reprit Mouftache,
mais l'effentiel ne doit pourtant pas être traité comme le
futile. Eh bien! reprit Tanzaï,
elle croit m'avoir répondu.
Eh! mais fans doute, dit la
Princeffe, elle parle bien. Je
ne fçache rien de fi charmant
que de pouvoir parler deux
heures, où d'autres, ne trou-
veroient pas à vous entretenir
pour une minute. Qu'importe

que l'on se répéte, si l'on peut
donner un air de nouveauté à
ce que l'on a déja dit ? D'ailleurs, cette façon admirable
de s'exprimer que vous traitez
de Jargon, ébloüit, elle donne
à rêver; heureux ! qui dans
sa conversation peut avoir ce
goût galant. Quoi ! ne trouver
toûjours que les mêmes termes, ne pas oser séparer les
uns des autres ceux qu'on a
accoutumés de faire marcher
ensemble ! Pourquoi seroit-il
défendu de faire faire connoif-
sance à des mots qui ne se sont
jamais vûs, ou qui croïent

qu'ils ne fe conviendroient
pas: la furprife où ils font de
fe trouver l'un auprès de l'autre n'eft-elle pas une chofe qui
comble, & s'il arrive qu'avec
cette furprife qui vous amufe,
ils faffent beauté, ou vous
croïez trouver défaut, ne vous
trouvez-vous pas finguliere-
ment étonné? Faut-il qu'un
préjugé.....Par Singe! s'écria
Tanzaï, vous m'étonnez fin-
guliérement vous-même, &
j'admire le peu de tems qu'il
vous a fallu pour vous infecter
de ce mauvais goût. Mais, fi-
niffons la difpute, que Mou-

ror
stache acheve son Histoire;
s'il est possible, & qu'elle ne
me quitte plus son Cormoran
pour courir après des digres-
sions inutiles. Allons, continuez, dit Néadarné, à Moustache, & sur tout, rendez
moi compte éxactement de ce
que vous avez fait, & non-seu-
lement de ce que vous avez
pensé, mais encore de ce
que vous auriez voulu penser,
n'oubliez pas, en un mot, la
plus légere circonstance. Vous
sontez si bien !

CHAPITRE VI.

Qui ne dément pas les deux au-tres.

J'En étois donc, reprit Mou-stache, à ce regard qui le satisfit, il devint amoureux à ne plus se connoître. Que cela m'auroit contenté! si j'avois pû voir son aliénation d'esprit dans toute son étenduë. Mais, ma raison avoit couru après la sienne, & l'amour m'empêcha de connoître son départ, & de souhaiter son retour. Le

Prince, & moi, étions conve-
nus, ainſi que cela ſe pratique
communément, de n'avoir en
Public, l'un pour l'autre, qu'u-
ne apparence d'amitié, & de
politeſſe, & qu'en particulier,
nous nous dedommagerions,
ainſi que cela ſe fait encore,
de cette crüelle contrainte. Il
y avoit au pied de mon appartement, un jardin où il n'entroit que moi, j'en avois donné une clef au Prince; auſſi-
tôt que l'on étoit retiré, j'al-
lois l'y trouver, & tous deux,
aſſis ſous un Boſquet de Myr-
thes, nous nous donnions les

plus tendres affurances de notre amour. Toutes mes nuits
fe paffoient de la même façon,
& je ne l'aurois pas fait pour
quelqu'un qui m'auroit moins
aimée que Cormoran ne faifoit; mais je fçavois bien que
quand mon tein y auroit perdu de fon éclat, & que j'en
aurois eu les yeux battus, il ne
s'en feroit pas apperçu. Ce
qu'on ne croira peut-être pas,
vû nos defirs, & la commodité que nous avions de les fatisfaire, c'eft que des rendez-
vous fi charmans fe paffoient,
fans que les emportemens du

Prince n'attaquaſſent prodigieuſement ma vertu. Quelquefois, il me parloit de ſon martyre, & de la difficulté qu'il trouvoit à le ſupporter, j'en étois quitte alors pour quelque bagatelle dont, en attendant mieux, il vouloit bien ſe contenter : Souvent, je brûlois de lui en accorder davantage, mais la nuit couvroit mon deſordre, & ſa reſpectüeuſe retenuë me ſauvoit de ma foibleſſe. Dans de certains inſtans, je lui en voulois mal, mais je ne le lui diſois pas.

Etonné souvent d'une ré-
serve si inconnuë dans notre
Cour, il m'en faisoit des reproches amers. La facilité que
je lui avois montrée la premiere fois, ne lui avoit pas
laissé prévoir une si longue résistance, j'en étois moi-même
surprise, mais je voulois qu'il
m'estimât, & l'amour-propre
triomphoit en moi de la passion. Quand je m'en souviens
cependant, que ces momens
sont douloureux, un homme
aimable, aimé, qui inspire autant de desirs que vous en
pouvez faire naître, est seul

avec vous la nuit. Il prend des
libertez que vous souffrez , &
vous réſiſtez ! ce n'eſt pas la
vertu qui ſauve une femme de
ces dangereuſes occaſions, elle
n'en a plus dèſlors qu'elle les
cherche. En pareil cas, une
coquette peut ſeule ſe garantir
des tranſports d'un amant; je
ſçais que la coquetterie eſt
moins méritoire que la vertu ,
mais auſſi eſt-elle plus utile.
Il y avoit quinze jours que
Cormoran, & moi nous nous
aimions; & avec les précautions extrêmes que nous avions
priſes, il n'y avoit que toute

la Cour qui se fût apperçuë de
notre intelligence : Cependant, le respect qu'on me portoit, empêchoit qu'on n'en fît
tout haut des plaisanteries. Le
Génie seul, malgré l'intérêt
qu'il avoit à connoître mon
cœur, ignoroit encore son rival. Il sçavoit qu'il n'étoit
point aimé ; mais, soit pré-
somption, soit l'idée qu'il
avoit de mon indifférence, il
ne croïoit pas que je fusse sensible pour un autre. Enfin,
trop amoureux, & trop jaloux
pour n'être point clair-voïant,
il commença par soupçonner

qu'une paſſion ſecrete dont
mon cœur étoit rempli, étoit
ce qui le lui fermoit. Il porta
ſes regards ſur tous les Cour-
tiſans, & au milieu de ce crüel
éxamen, il les arrêta ſur Cormoran. Il avoit découvert en
lui, une attention qui lui parût tenir plus de l'amour, que
du reſpect. Il avoit ſurpris entre nous, de ces regards que
malgré la contrainte qu'on
s'impoſe, l'amour anime toûjours trop, pour n'être pas re-
marquez; l'attention du Prince, quand je parlois, la complaiſance flatteuſe avec laquel-

le je l'écoutois, les Eloges que
je donnois à ses moindres discours, mille choses, sur les-
quelles on ne s'observe point,
& qui, toutes légeres qu'elles
sont, parviennent, mises ensemble, à faire un poids, fixé-
rent ses soupçons, & les tour-
nérent en certitude. Quelque
envie qu'il eut d'en sçavoir davantage, il n'interrogea pas
les secrets immenses de son art,
il n'ignoroit pas que ce seroit
en vain qu'il voudroit s'en servir, & que l'amour, toûjours
au-dessus de lui, dédaigneroit
de satisfaire sa curiosité. Ré-

folu de s'éclaircir, il ne s'en
fia qu'à lui-même, & jugeant
que le tems de la nuit étoit celui que je choififfois pour voir
Cormoran avec liberté, il fe
rendît invifible, & fe tranf-
porta dans mon jardin. Cette
même nuit, j'avois réfolu de
m'abandonner fans réferve à
Cormoran, & de lui donner
ma foi. Nous étions déja tous
deux dans le Bofquet des Myr-
thes, lorfque le Génie entra.
Il attendoit avec impatience
que je fortîffe de ma Chambre,
quand, des foûpirs trop marquez, partant du Bofquet

déterminérent sa route de ce
côté-là. Helas ! c'étoit nous
qui les poussions. Contente de
mon amant ; sûre de sa fidélité,
pressée par ses desirs, plus encore par les miens je m'étois
laissée aller sur un lit de gâzon.
Cormoran, moins timide qu'à
son ordinaire, m'avoit aussi
moins ménagée. Nous sortions
enfin du plus tendre égarement, & nous nous disposions
avec ardeur, à nous y remettre, lorsqu'un tourbillon de
lumiére nous environna, &
nous fit voir, en se partageant,
le Barbare Génie. A cette vuë,

nous

nous demeurâmes immobiles,
nous ne l'attendions pas. Le
dérangement où le Prince m'a-
voit mife, fubfiftoit encore,
comme il me menaçoit de le
redoubler, je n'avois pas fon-
gé à la décence. Lui-même,
plus éperdu que moi, étoit
dans un état qui fît imaginer
à la jaloufie du Génie, les plus
crüelles chofes. Ma robbe le
couvroit prefque tout entier,
& plus le Génie le trouva at-
tentif à admirer je ne fçais
quelles bagatelles qu'en ce moment il confidéroit, moins il
fe crût permis de lui pardon-

II. P.   K

ner. Crüelle ! s'écria-t'il , avec
une voix tonnante, eſt-ce là
comme vous vouliez répon-
dre à ma tendreſſe? Et toi,
malheureux , pourſuivit-il en
s'adreſſant à Cormoran, as-tu
bien ſongé qui tu offenſois , &
crois-tu pouvoir échapper à
ma vengeance ? Elle eſt com-
plette, puiſque tu ne peux mourir, & tous les inſtans de tes
jours feront marqués par les
traits les plus funeſtes de ma
colere ; qu'on l'enleve , continua-t'il , & qu'on le garde juſques à ce que j'aïe ordonné de
ſon ſupplice.

Le Prince, à ces paroles,
disparût en me tendant les
bras. La surprise, & la douleur m'avoient d'abord accablée, mais mon malheur me
redonnant des forces. Barbare!
m'écriai-je, dequoi peux tu te
plaindre ? Et qui t'a dit que
quand tu aimerois, tu dûsses
toûjours être aimé ? Quel droit
t'avois-je donné sur mon cœur?
Oüi, Cormoran m'a plu, &
ta fatale présence me fait sentir encore plus vivement à quel
point je l'adore. Je ne crains
point ta vengeance, quand même tu m'épargnerois; je n'en se-

rois pas plus à toi. Toûjours
occupée des maux de mon
amant, je ne te verrai jamais
que comme le plus odieux de
mes ennemis. Puni-moi, fi tu
veux; mais, fois fûr que le
tems, & les plus grands malheurs ne détruiront jamais
mon amour, & qu'il fubfifte-
ra autant que mon averfion
pour toi.

Eh bien? Perfide! dit le
Génie, tu feras contente. Déja
il s'approchoit pour m'enle-
ver, lorfque Barbacela vînt
me fouftraire à fa fureur. J'al-
lai long-tems avec elle dans

les airs, enfin, elle m'abbatît
dans cette Prairie où vous m'a-
vez trouvée. Infortunée ! me
dit elle alors , dans quels abî-
mes affreux , l'amour vient-il
de te plonger ? Tu perds pour
jamais l'objet de ton ardeur ,
tu te ferois perduë toi-même ,
fi ma puiffance ne t'avoit fau-
vée de la Barbarie de Jonquille. Fuï , cache-toi à fes regards jufqu'à ce qu'un tems
plus heureux te permette de
revoir la clarté du jour. De-
vien Taupe , & garde-toi de
fortir de cette Prairie. J'ôfe ,
dans l'obfcurité de l'avenir ,

prévoir pour toi un fort plus doux.

Un jour viendra qu'un de mes favoris, mettra fin à tes malheurs, & qu'une Princesse délivrera le tendre Cormoran. Alors, elle me frappa de sa baguette, & je restai, toute aussi Taupe que vous me voïez; avant qu'elle me quittât, je lui demandai ce que le Génie avoit fait de mon amant, & j'appris par elle qu'il l'avoit condamné à faire éternellement la roüe, & la culebute dans les Jardins de l'Isle Jonquille. Vous verrez, interrom-

pît Tanzaï, que c'est à cause
de son inclination pour la
Danse que le Génie l'a honoré
de ce supplice. Au reste, je ne
doute point que ce ne soit de
moi que la Fée Barbacela vous
a parlé, & nous ferons en sorte.... Mais, essuïez donc vos
yeux, dit-il à Néadarné qui
pleuroit immodérément, votre pitié va trop loin, eh bien,
elle est Taupe & rien de plus;
quant aux sauts que fait Cormoran, cette idée n'a rien de
si affligeant. Ah que vous êtes
peu tendre ! lui dit Néadarné,
songez-vous aux malheurs de

deux amans que l'on sépare, &
le Génie ne leur eut-il donné
que cette punition, n'en étoit-
ce pas assez pour les faire mourir de douleur ? Qui me sépa-
reroit de vous pour un jour,
pour une heure, ne causeroit-
il pas ma mort ? Mais, dit-elle
à Moustache, combien y a-t'il
que vous n'avez perdu Cormoran ? Dix ans se sont écou-
lez depuis ma funeste avanture, reprit Moustache ; Barbacela est venuë me voir quelquefois, & c'est d'elle que j'ai
sçu que Jonquille toûjours irrité, aïant appris que j'étois
Taupe,

Taupe, & ne pouvant deviner ma retraite, a ordonné, pour tâcher de m'avoir entre fes mains, que perfonne ne fe préfentât devant lui, fans lui apporter des Taupes, efpérant qu'enfin, je ferois prife par quelqu'un: Sans votre géné- reufe pitié, il n'y auroit que trop bien réüffi, je vous en marquerai ma reconnoiffan- ce; mon pouvoir, quoiqu'in- finiment fubordonné à celui de Jonquille, ne laiffe pas de s'étendre loin, nous appro- chons de fes états, fongez feu- lement à me bien cacher.

II. P.   L

Vous croïez donc, dit la
Princesse, que vous reverrez
Cormoran? Tout contribuë,
répondit Mouftache, à me le
faire croire, les promesses de
Barbacela, votre rencontre
qui commence à faire un changement dans ma fortune, &
plusque tout encore, la tran-
quillité de mon cœur. Vous
qui connoissez le Génie, dit
Tanzaï, pensez-vous qu'il en
vüeille venir avec Néadarné
aux dernieres extremitez? La
chose, sans moi, ne seroit pas
douteuse, reprit Mouftache,
le Génie eft facile à toucher :

Néadarné eſt belle , la ſingu-
larité de ſon avanture le pi-
quera peut être autant que ſes
agrémens. Mais , ne pourrois-
je pas ſuivre Néadarné? Demanda-t'il encore. Eh! dequoi la garantiriez-vous? Reprit Mouſtache, Jonquille aime la Muſique , vous joüez
ſupérieurement de la Vielle ,
& il pourroit bien vous condamner pour trente ans au
moins à faire danſer Cormoran. Laiſſez-moi tout arran-
ger ; je vous réponds d'un
ſuccès au-deſſus de toute eſpe-
rance. Le Prince , que l'idée

L ij

de Jonquille inquiétoit trop
pour être raſſûré par les promeſſes de la Fée, ſoûpira, &
ne répondît rien, perſuadé
que Mouſtache n'empêcheroit
pas plus Néadarné de tomber
entre les mains de Jonquille,
qu'elle n'avoit empêché Cormoran de ſauter.

CHAPITRE VII.

Qui fera bâiller plus d'un Lec-
teur.

PEndant le récit de Mou-
ſtache qui, ainſi que le
Lecteur l'a dû ſentir, ne laiſſa
pas d'être fort long, on avoit
traverſé la Forêt, & le Prince,
découvrant de loin une grande Ville, demanda ſon nom.
C'eſt lui répondît Mouſtache,
la Ville des Barbeaux, elle eſt
grande, & peuplée, ſon Roi
eſt tributaire du Génie, & ſon

Agent principal dans les affaires amoureuſes. Ce Roi a la
complaiſance de prendre une
liſte de toutes les beautez de
la terre qui ont des avantures
finguliéres, telles, par éxemple, que celle de la Princeſſe,
& le Génie ſe les fait adjuger
au Bureau des Fées, où l'on
a mille déférences pour lui.
Mais, dit Tanzaï, ce Génie
s'eſt fait un emploi bien particulier : quelle ſorte de plaiſir
peut-il prendre à profiter des
malheurs d'une femme? Cela
n'eſt ni généreux, ni délicat.
Vous avez raiſon, reprit la

Fée , mais cette délicatesse est
aujourd'hui la chose du monde qui le touche le moins ; il
prétend qu'elle seule trouble
les plaisirs, ou que quand elle
ne se met pas de la partie, ils
n'en sont ni moins réels , ni
moins vifs. Il est difficile de
corriger un homme qui s'est
fait un systême, & qui pour
l'appuïer se fonde d'abord, sur
ce que les femmes à sentimens
l'ont toûjours trompé , en lui
donnant moins de plaisir que
celles qui ne se livrent à lui ,
que par besoin, ou par sensua-
lité effective , & sur la folie

qu'il y a à se priver , pour un
seul objet, de tous ceux qui
pourroient plaire. Cela fait,
repartît le Prince, la plus mauvaise façon de penser qu'il y
ait au monde. Je suis plus content de regarder Néadarné
seulement, que je ne le serois
dans les bras de la plus charmante Fée de la terre. Vous
n'avez peut-être pas été toûjours si difficile , reprit Moustache , mais quand cela ne seroit pas , il ne faut point dis-
puter sur la volupté, elle prend
sa source dans le caprice , &
lui seul la détermine.

Je crois cependant, dit Néadarné, que pour cette volupté
si recherchée, on a besoin de
s'aider de son cœur, & l'homme du monde le plus aimable,
si je ne l'ai pas choisi, ne fera
pas sur moi le même effet.
qu'un monstre dont je me ferois une idée séduisante. Bien
des femmes qui pensoient comme vous, répondit la Fée, se
sont détrompées par l'expérience. On ne peut répondre
du moment, il en est où la nature agit seule, & où l'on se
trouve précisément dans le cas
d'un songe qui offre à vos sens

les objets qu'il veut, & non
ceux que vous voudriez. Le
fonge du Prince en eſt une
preuve, il auroit aſſurément
mieux aimé rêver de vous, que
de la Fée Concombre, cependant.... Oh ſans doute ! interrompit Tanzaï qui s'impa-
tientoit des indiſcrétions de
Mouſtache, on n'eſt pas maître de ces ſortes de choſes, mais
nous approchons de la Ville,
& c'eſt une diſpute à remettre
à un autre moment. Il n'y a
donc pas loin d'ici à l'Iſle Jonquille ? Non, dit Mouſtache,
à quatre lieües de cette Ville,

on trouve un grand Lac sur lequel l'Ifle eft fitüée. Des Barques galamment ornées y paf-
fent, fans avoir befoin de Con-
ducteurs, les beautez qui ont
affaire au Génie, & les reme-
nent de même. Avec ces propos, & plufieurs autres pas
plus intéreffans, ils entrérent
dans la Ville. Tous les Habitans en étoient du plus beau
bleu qu'on puiffe voir. Quoique le Prince, & Néadarné
voïageaffent *incognito*, leur air
majeftüeux, leur nombreufe
fuite, & la magnificence de
leurs équipages firent juger

aux Blüets que ces étrangers
étoient des personnes de la
plus haute distinction. Moustache pressa le Prince de se
rendre au logement qu'on
avoit préparé, & témoigna
tant d'inquiétude, qu'il ne pût
s'empêcher de lui en demander le sujet. Ce n'est pas sans
raison que je tremble, dit Moustache, Jonquille est dans cette Ville, & je crains qu'il ne
me reconnoisse. Et que vient-
il faire ici ? Reprit le Prince.
Ce n'est jamais que l'amour
qui l'y améne, répondit la
Fée, les femmes de cette Ville

malgré leur couleur, font extrémement belles, & quand
le Génie n'a rien à faire, il
s'amufe à les honorer de fa
tendreffe. Les Habitans qui
le craignent, n'ofent lui rien
refufer, & beaucoup moins,
les Habitantes. Affurément !
dit Tanzaï, voilà un terrible
Génie. Ah Néadarné ! que
votre beauté, va me rendre
à plaindre. Puis-je me flatter,
quand je vous regarde, que
Jonquille n'ait pas les mêmes
yeux que moi ? Que fera le
pouvoir de Mouftache ? Comment, vous fauvera-t'elle des

defirs de ce Génie ? C'eſt en
vain qu'elle me le promet, plus
j'approche de mon malheur,
plus l'idée m'en devient ſenſible, je ne puis plus la ſoutenir.
Je ſens même, qu'au retour de
l'Iſle Jonquille, vous me ſeriez inſuportable, & que ne
pouvant plus vous eſtimer,
vous ne pourriez plus m'être
chere. Soïez toûjours telle que
vous êtes, auſſi-bien, votre
premiere forme me feroit inutile, ſi elle vous étoit renduë
par Jonquille. Content de vous,
nous nous plaindrons enſemble de la rigueur de notre deſ-

tinée. Je ne veux que votre cœur, & s'il eſt vrai que la poſ-ſeſſion du mien ſuffiſe à votre félicité, la notre ſera entiére. En un mot, loin de vouloir que vous approchiez de l'Iſle Jonquille, je veux que dès de-main nous reprenions la route de Chéchian. Que vous me rendez heureuſe! cher Prince! s'écria la tendre Néadarné; mais ne ſouffrez pas de votre complaiſance pour moi, con-tente de porter le titre de votre compagne, je verrai, ſans re-gret, une autre que moi, en remplir les fonctions; elle me sera chere par les plaisirs qu'elle vous donnera : vos loix ces loix sévéres ! qu'en vain vous voudriez éluder, n'éxigeront plus notre séparation. Quand vos sujets verront les fruits précieux d'un second Hyménée, ils ne pousseront pas la Barbarie, jusques à bannir votre amie. Si je suis destinée à cet affreux malheur, si je dois passer loin de vous, mes jours infortunez, du moins, ajouta-t'elle, en versant les larmes les plus ameres, du moins, ô mon unique bien ! si je survis à notre séparation, aurai-je la douceur

de

de penfer que j'ai contribüé à
vos plaifirs. Que dites-vous?
Adorable Princeffe! s'écria
Tanzaï, moi! que je vous abandonne? Qu'une autre que vous
attire jamais mes regards? Ah!
ne le croïez pas. Periffe plûtôt le Roïaume que je ne pourrois plus vous offrir! périffe
toute la nature! plûtôt que je
me noirciffe de la plus odieufe
des ingratitudes. C'eft en vain
que les loix voudroient s'ar-
mer contre vous, en vain, mes
Sujets les feroient-ils parler,
dès-à-préfent, je les révoque,
elles fe tairont devant ma puif.

II. P.   M.

sance, ou malheur à qui les osera faire revivre. Je me révolterois contre les Dieux mêmes! Non, Divine Néadarné, non, votre éloignement ne sera pas la recompense de votre amour pour moi, & des sentimens que vous m'avez montrés, lorsque j'étois dans le cas où vous êtes. Cessez de m'en parler, le destin las de nous persécuter nous prépare, peut-être, des jours plus heureux, où .... Ne vous en flattez pas, interrompit brusquement Moustache. Le destin ne révoque pas ses arrêts au

gré des mortels, le feul Jonquille peut tout pour vous :
D'ailleurs, fi la Princeffe ne
délivre pas Cormoran , que
deviendrai-je moi ? Vous voudrez bien, répondit Tanzaï ,
que cette inquiétude ne pré-
vaille pas fur mes interêts. Le
deftin d'ailleurs ne m'ordonne
rien fur cet article , & je n'i-
magine pas que vous deviez
faire une Loi à la Princeffe ,
d'une chofe accidentelle qu'elle eft maîtreffe de ne pas faire.
Mais, que craignez-vous ? Reprit Mouftache , quand je vous
affûre de ma protection. Eh !

M ij

vous tremblez pour vous-même, dit Tanzaï. Ce n'eſt pas
la même choſe, répondit Mouſtache, le Génie peut être à
redouter pour moi par ma ſituation préſente, ſans que pour
cela, je me trouve par tout
ſans pouvoir. Quand la Princeſſe ſera dans l'Iſle, j'ai ima-
giné pour la ſouſtraire aux em-
preſſemens de Jonquille, de
ne lui offrir qu'un phantôme
qu'il prendra pour elle, tant
j'aurai ſoin qu'il lui reſſemble.

Je ne prétends pas, dit Tanzaï, qu'il joüiſſe ſeulement de
ſon idée, en un mot, je veux

retourner à Chéchian. Je vous
plains, mais si la Fée Barbacela
vous aime tant, elle trouvera assez d'autres moïens pour
vous rendre votre amant, &
votre figure: à ces mots, il ordonna, devant Mouftache,
fon départ pour le lendemain,
& laiffa cette Fée dans une défolation que toute la tendreffe
de Néadarné pour elle, ne pût
calmer.

CHAPITRE VIII.

Malice de Jonquille : Comment Mouſtache la tourne à ſon profit.

Mouſtache, réduite au point de voir évanoüir ſes derniéres eſperances, & ſentant bien qu'elle ne détermineroit pas Tanzaï au voïage de Néadarné dans l'Iſle Jonquille, réſolût, ſans s'amuſer à des ſupplications inutiles, de ſe ſervir de ce que ſon art pourroit trouver de plus puiſ-

fant pour délivrer fon Prince.
Il lui importoit peu que Tanzaï y perdît, le peu de cas qu'il
faifoit d'elle, les contradictions
qu'elle en avoit effuïées , le befoin qu'elle avoit que Néadarné tombât entre les mains , du
Génie , prévaloient fur toute
autre confidération , & fans
rien témoigner de fon deffein,
elle chercha dans fa tête quelque expédient qui pût la tirer
d'inquiétude. La nuit arriva
qu'elle y rêvoit encore. Auffi-
tôt après le repas, les deux
époux s'étoient couchés, &
Tanzaï toûjours réfolu de par.

sir le lendemain, avoit réïteré
ses intentions. La Fée les laif-
soit dormir, & cherchoit, en
vain, un stratagême qui lui
fût propice, lorsqu'un bruit
affreux s'éleva subitement dans
la Ville. Bon Singe! qu'en-
tends-je là? S'écria le Prince,
réveillé en sursault. Ah! dit
Moustache, que son art mît
d'abord au fait, ce Jonquille
est bien terrible! Qu'a-t'il donc
fait? Demanda Tanzaï. Vous
sçaurez, reprit Moustache,
qu'il étoit amoureux d'une des
plus belles femmes de cette
Ville, outré de la résistance
qu'elle

qu'elle apportoit à ſes deſirs,
il l'a changée en monſtre, &
non content de cette punition,
il a étendu ſa vengeance ſur
toutes les jolies femmes d'ici,
& veut qu'elles reſtent laides
juſques à ce qu'elles faſſent un
voïage dans ſon Iſle. Voilà ce
qui cauſe le bruit qui frappe
vos oreilles ; les Blüets voudroient bien ne pas voir toûjours leurs femmes comme elles ſont, mais la condition à
laquelle le Génie a attaché le
retour de leur beauté, leur paroît plus crüelle encore à ſupporter que leur figure. Cette

II. P.　　　　　　N

Ville me paroît peuplée, dit le Prince, & le Génie n'aura pas peu d'affaires à raccommoder ce qu'il a gâté. Quoi? Volupté de mes jours! dit Néadarné, vous croïez qu'il y aura des femmes qui préféreront la perte de leur vertu à celle de leur beauté. Aux Dieux ne plaise! que je pense mal, reprit Tanzaï, mais je ne voudrois pas, si j'étois femme, qu'on me mît à cette épreuve. Quoiqu'il en soit, je répondrois bien qu'avant deux jours il ne restera aucune trace de la vengeance de Jonquille. Un

cri affreux que pouſſa Néadarné en cet endroit, interrompît la converſation. Eh ! qu'a-
vez-vous pour crier de la ſorte?
dit Mouſtache. Hélas ! répondit la Princeſſe, je ſuis bien
trompée, ſi je n'ai pas le nez
d'un pied au moins plus long
qu'à l'ordinaire. Le Prince en
ſe deſeſpérant, alla chercher
une des bougies qui brûloient
dans la Chambre, mais en
voïant le viſage horrible de
Néadarné, il la laiſſa tomber
de fraïeur. Il ne me manquoit
plus que cela, dit-il. Donnez-
lui le miroir, diſoit Mouſta-

che ; prenez une autre bougie.
Le Prince, en tremblant, ap-
porta l'un, & l'autre, & Néadarné se trouva si laide, si
vieille, si bossuë qu'elle ne pût
retenir ses larmes. La Fée Concombre auroit pû, alors, dis-
puter d'agrément, avec elle.
Ne vous affligez pas, disoit la
maligne Taupe, qu'importe
un mal quand on lui connoit
un reméde certain ? Eh ! ce qui
me desespére, répondit le
Prince, c'est le remede, &
quand même il ne m'affige-
roit pas, croïez-vous que la
vertu de Néadarné lui en per-

mît l'ufage ? Hélas! Prince ,,
dit Néadarné terraffée par tant
de malheurs , je ne veux rien
faire que vous n'y confentiez ;
Et vous , ajouta-t'elle en s'a-
dreffant à Mouftache , vous ,
qui m'aviez promis votre protection , quand dois-je l'éprouver , fi ce n'eft dans la fituation où je me trouve ? Ce qui
me furprend , reprit le Prince,,
c'eft que Néadarné fe trouve
envelopée dans la fureur du
Génie , elle ne devroit naturellement tomber que fur les
femmes de cette Ville. Qu'ont
affaire les étrangéres à tout ce

N iij

ci ? Mouſtache, ſi elle l'eut
voulu, auroit pû, mieux que
perſonne, inſtruire Tanzaï de
la vérité de cette avanture ,
puiſqu'elle ſeule avoit cauſé la
Métamorphoſe de Néadarné.
Deſeſperée de l'obſtination
du Prince à ne point envoïer
Néadarné à Jonquille, & ne
pouvant délivrer Cormoran
que par cette vóïe, elle avoit
ſaiſi l'inſtant de la vengeance
du Génie, eſperant que la laideur exceſſive de Néadarné
détermineròit plus aiſément
Tanzaï, à la laiſſer aller dans
l'Iſle Jonquille. Le Prince ſe

perdoit cependant en lamentations ; la Fée pour le raffurer,
lui dit, que le Génie n'avoit
affurément pas raifonné jufte
fur fa vengeance. Que tant de
femmes s'y trouvoient enve-
loppées qu'il feroit obligé de
rendre la beauté, à la plus
grande partie d'entre-elles,
fans en éxiger aucune foumif-
fion. Qu'il falloit prendre ce
tems pour lui envoïer la Princeffe, & qu'elle en feroit quitte
à meilleur marché. Eh oüi !
dit Néadarné, j'en reviendrai
plus belle, mais qui me rendra
ce que Concombre m'a fait

perdre. Nous n'avons entrepris ce voïage que pour la guérison d'un seul mal, j'en ai deux actuellement presque aussi fâcheux l'un, que l'autre. Quoique le remede que l'on m'offre, soit certain pour tous les deux, je ne dois m'en servir, ni pour le premier, ni pour le second. Il vaut mieux, à tout prendre, pour mon Prince, que je reste laide. L'effroïable figure que je porte, lui fera oublier celle que j'avois, il ne m'aimera plus, mais pour me rendre digne de sa tendresse, il faut que je perde

son estime. Pitoïable Méta-
physique ! répondit Moustache, qu'est-ce qui fait le crime ? C'est le consentement. Ce
n'est pas vous qui vous souhai-
tez entre les bras de Jonquille,
donc vous ne pouvez pas être
criminelle. Vous ne desirez
seulement pas de recouvrer
votre premiére forme, ce n'est
que par rapport à votre époux
que vous la regrettez, & si
vous vous soumettez à ce qui
peut vous la rendre, ce n'est
que pour lui ; par conséquent,
il ne peut que vous en estimer
davantage de lui avoir sacrifié

vos répugnances. N'est-il pas vrai? Dit-elle, à Tanzaï. Je ne sçais pas, répartit-il, si votre raisonnement est juste, mais dans les malheurs qui m'accablent, le parti qui me paroît le meilleur, est celui qui m'en délivrera plûtôt. Quand ils auroient poussé cette conversation, l'Historien est trop judicieux pour la donner toute entiére au Lecteur. Le bruit cependant continuoit dans la Ville avec tant de force que le Prince fût prié par Néadarné, & par Moustache de s'y promener, & de leur dire des

nouvelles de ce qui s'y paſſoit.
Il leur apprît à ſon retour, qu'à
peine la vengeance du Génie
avoit éclaté, que toutes les femmes étoient parties en foule
pour l'Iſle Jonquille, ſans en
excepter la Reine qui ne pouvant ſupporter d'être laide un
moment, en avoit pris la premiére la Réſolution ; mais
qu'à ſon retour, le Roi l'avoit
étranglée de ſes propres mains,
& qu'il y avoit peu de maris
dans la Ville qui n'en euſſent
agi de même. Cela, ajoûta-
t'il, n'empêche pas celles qui
ſont reſtées ici, de vouloir par-

tir , & je fuis bien fûr qu'avant
que le jour foit écoulé , pas
une femme ici , ne portera des
marques de la colere du Génie.
Je le fçavois bien moi , que la
vanité d'être belles , l'empor-
toit toûjours chez les femmes
fur la fatisfaction d'être ver-
tüeufes. C'eft la faute des hommes , reprit Mouftache : qu'ils
recherchent la vertu dans une
femme , comme ils y recherchent la beauté ; que l'une ,
leur foit d'une auffi grande
reffource que l'autre , vous
nous verrez aimer autant être
vertueufes , qu'être belles.

Mais, laiſſons cela. A quoi
vous déterminez-vous enfin?
A laiſſer partir Néadarné, auſ-
ſi-tôt que l'aurore aura annon-
cé le jour; demain, elle verra
Jonquille, & demain auſſi,
je mourrai de douleur. C'eſt
trop aſſurément d'un des malheurs qu'elle éprouve, & je
craindrois enfin qu'on ne me
reprochât de ne l'avoir aimée
que pour moi-même. Il'eſt peu
important de dire comment le
reſte de ce jour ſe paſſa. Craintes toûjours nouvelles de la
part du Prince, aſſurances de
fidélité de la part de Néadar-

né, promeſſes de Mouſtache à
Tanzaï que Néadarné revien-
droit de l'Iſle comme elle y
ſeroit allée, à ſa guériſon près,
qui, ſe faiſant par art de Fée-
rie, ne couteroit rien à ſa vertu. Incrédulité, toûjours fer-
me de celui-ci qui trouvoit, à
ce qu'il ſembloit, de la douceur à mettre les choſes au pis,
tant qu'enfin la nuit arriva.
Tanzaï qui, dans la journée,
avoit changé dix fois de réſolution, ſe coucha d'avis de
laiſſer partir la Princeſſe, &
Mouſtache qui avoit quelque
choſe d'intéreſſant à dire à

Néadarné, voïant que la douleur ne le conduisoit pas au
sommeil, l'y amena par la force de ses enchantemens, &
commença ce qui suit.

CHAPITRE IX.

Conversation intéressante de
Moustache, & de la Prin-
cesse.

Vous voilà bien affligée
d'être laide, plus triste
encore de la premiére de vos
mésavantures ; vous craignez
le Génie, cependant vous vou-

driez ne pas rester comme vous
êtes, cela fait bien du fracas
dans votre tête ; il faut pourtant débrouiller le tumulte de
vos idées, vous en tirer, le
rendre clair, vous faire voir
jour dans votre ame, elle est
ténébreuse pour vous, vous n'y
marchez qu'à tâtons, vos idées
se tournent le dos, sont de mauvaise humeur contre elles-mê-
mes, il n'y en a pas une, j'en
suis sûre, qui ne s'en veuille,
vous souffrez de leur contra-
diction, je veux vous raccommoder avec vous-même, ma
raison va s'asseoir, & les juger,
écoutez.

écoutez-moi. Quand je vous
ai promis que je vous fouſtrai-
rois aux tendres emportemens
de Jonquille, je vous ai trompée. Aucune force de ce côté
ne pourroit agir ſur lui. Votre vertu toute cérémonieuſe
qu'elle eſt ſur ſes bienſéan-
ces, lâchera priſe, le Génie
lui mettra indubitablement le
pied ſur la gorge, en un mot,
vous ne la conduirez pas à terme, il faut qu'elle choiſiſſe
d'étouffer de plaiſir, ou de
mourir violemment ; vous êtes
trop belle pour qu'on lui faſſe
quartier, elle ne vous ſervira

II. P.   O

même qu'à augmenter l'ar-
deur de Jonquille. Quand le
triomphe ne coute rien, que
la vanité d'un homme n'en
fçauroit tirer parti, il le négli-
ge. Paffons à un autre point.
Quant à votre laideur, n'en
foïez pas inquiéte, elle eft mon
ouvrage, & je vous en deffe-
rai fans que le Génie s'en mêle.
A peine aurez-vous quitté le
Prince que vous vous verrez
plus belle que vous n'avez jamais été. Ce n'eft pas tout, il
s'agit à préfent de l'effentiel.
Le Prince eft jaloux, & quand
vous lui diriez que vous vous

êtes préfentée fans rifque au
Génie, des marques, qui ne
font point équivoques pourroient aifément vous démen-
tir. J'ai un remede excellent
pour réparer les outrages que
nous font les emportemens des
hommes. Que veut dire ceci,
interrompît Néadarné ? Quoi!
reprit Mouftache, vous ne
m'entendez pas ? Avant que
vous connûffiez le Prince. ...,
mais, il n'eft pas poffible que
vous ne fçachiez point ce que
je veux vous dire ; vous conviendrez que dans ces deux
nuits fatales où , fucceffive-

ment, vous éprouvâtes tous deux, la colere de Concombre, si aucun malheur ne vous étoit survenu, que vous ne pouviez accorder à Tanzaï, ce que sa tendresse éxigeoit de la votre, sans qu'il ne vous arrivât quelque chose de singulier.... je commence à vous entendre, reprit Néadarné. Vous sentez bien, continüa la Fée, que cela ne se seroit pû faire que quelque changement ne se fît en vous... Jonquille, pour vous guérir, éxigera de vous ce dont le Prince a été privé. Ce qui seroit arrivé par le

Prince, arrivera par Jonquille.
En ſuivant la coutume naturelle, il ne ſe pourroit pas que vôtre époux ne s'apperçût point
de ce que le Génie auroit fait.
Eh ! qu'importe ? Demanda
Néadarné. Pour le fonds, cela
importe peu, répondit Mouſtache ; mais, pour la forme,
cela fait une différence. En un
mot, cela bleſſe le préjugé,
& c'eſt, chez les hommes, ce
qu'il faut reſpecter le plus. Or,
il faut que je vous mette en
état de prouver au Prince, que
le Génie vous a reſpectée, ſans
cela, vous perdriez ſa tendreſſe,

& quelque chofe qu'il puiſſe
vous dire, quelque convaincu qu'il ſoit que vous ne faites
qu'obéïr, il auroit l'injuſtice
de vous méprifer, ſi vous ne
reveniez pas à lui, telle qu'il
vous imagine. Voilà quel eſt
notre malheur ! les hommes,
ſans ceſſe, nous accuſent d'artifice, &, ſans ceſſe, ils nous
mettent dans le cas d'en avoir
befoin avec eux. Ils font tous
auſſi injuſtes que Tanzaï, &
nous mépriſent ſouvent pour
les chofes qu'eux-mêmes nous
preſſent de faire. Il y a mille
occafions. Où, par rapport à

leur fotte vanité, la fincérité
nous deshonoreroit, & dans
lefquelles, regle générale, le
menfonge nous affure leur eftime. Tel eft, par éxemple,
le cas où vous vous trouvez.
Quand même, je ne pourrois
pas réparer le tort que vous fera le Génie, vous devriez toûjours foutenir à votre époux,
que votre vertu n'a point pé-
riclité, & mettre tout fur le
compte de la nature plûtôt
que de convenir avec lui, d'un
malheur qu'il ne vous pardon-
neroit pas. Enfin, cette idée
de préféance les flatte. Afin

d'appuïer vos difcours, je vous donnerai un fecret, imman-quable, * il confifte en trois paroles que même je vous écri-rai afin que vous ne foyez pas dans le rifque de les oublier. Dans un autre tems, fans tou-

tes

* Ici Kiloho-ée fe plaint, & le Tra-ducteur après lui, de ce que ce fecret de Mouftache ne fe trouve pas dans ce Livre ; comme le Chinois protefte qu'il auroit voulu le donner à fa Patrie : Le Traducteur qui croit qu'il n'auroit pas été moins agréable à la France, qu'à la Chine, affûre fes Lecteurs, que c'eft à fon grand regret qu'elle en eft privée, il les fupplie de ne point imputer la perte de ce fecret à fa négligence, & il croit de-voir les affurer, qu'après de longues expériences, il a été obligé de traiter de fabuleux, tout ce qui fe dit fur cet ar-ticle.

tes ces précautions , vous pourriez le tromper., mais son a-
mour jaloux le rendra clair-
voïant , & nous avons plus
d'un sens à surprendre. Le secret lui ôtera tout sujet de suf-
picion ; je veux même qu'il le
serve plus qu'il ne seroit nécessaire. Plus il s'en plaindra ,
plus il sera content : Au reste,
ne rougissez pas de vous servir de cet artifice. S'il avoit
dû porter des marques de la
nuit qu'il passa avec Concombre, il n'auroit pas fait difficulté de vous tromper. Il en a
été quitte pour vous dire qu'un

II. P.   P

fonge l'avoit guéri, & vous pourrez ....Je me fuis toûjours bien doutée, interrompît Néadarné , que ce fonge n'étoit pas vrai, mais quand je lui dirois auffi que c'eft un fonge qui m'a rétablie, fon avanture lui donneroit moins de foi pour mes difcours. Oüi, fi votre récit n'étoit point appuïé par le fecret que vous fçavez , répondit Mouftache ; mais le moïen qu'il doute de vous quand il fe trouvera dans la même peine au moins, que celle où aura été le Génie ? Mais demanda Néadarné, fi

le secret alloit manquer ? Concombre pourroit bien me joüer
encore ce tour-là, vous voïez
qu'il vaudroit bien l'autre. Ne
craignez rien, répondit Mouftache, ce fecret n'eft pas connu d'elle, fi le Prince étoit de
bonne foi avec vous, il vous
diroit qu'il n'a pas dû s'appercevoir qu'elle en ait fait ufage
avec lui. Autre article :

Vous vous êtes fait une répugnance fur Jonquille, elle
tombera à fon afpect, il eft aimable. Dans le récit que je
vous ai fait de mes avantures,
il a paru comme mon Perfécu-

teur, & cette idée, sans doute,
vous l'a rendu haïssable ; mais,
je vous avertis, encore une fois,
que c'est un Génie charmant,
& qui joint au pouvoir le plus
étendu, les qualitez les plus
rares. Peut-être, prendrez-
vous une forte passion pour lui.
Ne le croïez pas, dit Néadarné, mon cœur est prévenu
d'une si forte tendresse pour
Tanzaï, que je défirois tous
les Génies de la terre, de
faire impression sur moi. Vous
êtes encore dans l'erreur là-
dessus, répondit la Fée ; le Génie vous mettra à de fortes

épreuves, & Tanzaï qui pourroit foutenir votre cœur, fera
abfent. Ce fera affez pour moi
de fon idée, réprit Néadarné,
& je rougirois trop, fi pour
ne lui pas être infidelle, j'avois
befoin de fa préfence. Avec
tous ces beaux fentimens, reprit Mouftache, les chofes ar-
riveront comme je vous le
prédis. Je connois un peu la
marche du cœur. Ce qui fait
qu'une femme ne manque pas
à fon amant, c'eft qu'elle ne
fe met point à portée de lui
manquer. Dans une occafion
fâcheufe, fi elle s'y trouvoit,

la nature souffleroit sur le sentiment, & ne manqueroit pas
de l'éteindre : Il est vrai que
quand il se rallume, on est
bien étonné, mais la chose n'en
est pas moins faite. Cela n'arrivera pas par Jonquille, dit
Néadarné, & quand je ne serois pas vivement occupée d'un
autre amour, ce ne seroit pas
lui que je choisirois, je sens
que je le haïs. Autre erreur,
reprit Moustache, souvent les
hommes, dont les femmes se
font fait une idée rebutante,
font ceux qui parviennent le
plûtôt à leur plaire. Etre haï

d'abord, est une voïe qui d'ordinaire conduit à être violemment aimé. Souvent, le caprice agît là-dedans, beaucoup
moins que l'amour-propre. Un
homme paroît, & semble ne
voir les attraits d'une femme
qu'avec indifférence ; nulle
loüange n'échappe de sa bouche, ses yeux pleins d'une in-
dolence mortifiante, ne disent
point à son silence qu'il en a
menti : Il la regarde sans mettre de la politesse pour elle
dans sa façon de l'éxaminer ;
il vaudroit autant pour, elle
qu'elle ne fût pas-là ; son ame

P iiij

ne fait pas semblant de l'appercevoir, peut-être même, pa-
roît-elle s'épuiser d'attention
pour une autre femme qui fera là; voilà la haine déterminée, & si par hazard, cet homme si inattentif a du mérite;
ce n'est qu'à sa perte, il n'en
est que plus insoutenable. S'il
étoit stupide, s'il portoit de ces
cœurs sur lesquels tout glisse,
son suffrage ne seroit presque
rien, on n'en seroit flattée que
parce qu'il faut faire impression sur tout le monde, mais
quelqu'un d'aimable ne point
trouver que vous l'êtes aussi,

cela ne fe pardonne point :
dans l'inftant, tout ce qu'il a
d'agrémens eft défaut : Parle-
t'il bien, il parle mal, attendu
que dans ce qu'il dit, ce que
vous defirez ne s'y trouve
point. S'il eft férieux, qu'il
eft morne ! S'il eft fenfé, qu'il
eft pefant? S'il eft badin, qu'il
plaifante mal ! Voilà votre
imagination montée, vous
fentez une averfion qui vous
fait mal, tant elle eft forte.
Que cet homme fi détefté,
forte enfin de fa léthargie,
qu'il vous rende des foins, je
dis fimplement, de ces foins.

d'ufage dans la fociété, & qui
n'affichent rien, le voilà changé, ce n'eft plus lui ; votre vanité fatisfaite déchire le ban-
deau qui couvroit vos yeux,
l'attention qu'il a fait à votre
mérite, fait, pour ainfi dire,
éclôre le fien. Que dans cette
fituation, il dife qu'il aime, à
peine a-t'il prononcé ce mot
dangereux, qu'un regard lui
rend fa déclaration, & plus
tendre encore qu'il ne l'a faite.
Le cœur paffe d'une extrêmi-
té, à l'autre, on croïoit n'a-
voir jamais affez de haine, on
craint de ne fe trouver jamais

affez de tendreffe , c'eft-ce
qu'on appelle une furprife de
l'amour. Jonquille eft , avec
vous, dans le même cas , vous
le croïez affreux , il eft aimable, il vous rendra des foins
qui vous découvriront d'abord
tous fes agrémens , la furprife
n'eft pas loin. Encore un coup,
ne le croïez pas , lui dit Néadarné , j'aime le Prince , & je
verrai fûrement Jonquille avec
indifférence. Soit , reprit la
Fée , je le crois d'autant plus
qu'il ne nous eft pas néceffai-
re ni à vous, ni à moi, que
vous l'aimiez. Il s'agit feule-

ment de paſſer une nuit avec
lui. Ah ! grand Singe ! quelle
ſera longue, s'écria Néadarné.
Jugez-la ſans prévention, répondit la Taupe, vous la trou-
verez courte. A préſent, ſon-
geons à cet infortuné Cormoran. Depuis dix ans, l'amour,
& la colere du Génie ont ſans
doute perdu de leur force. Je
ſçais même que, quelquefois,
il fait danſer devant lui, ce
malheureux Prince, & lui
commande des chanſons. Jonquille vous donnera des fêtes,
ſaiſiſſez ce moment pour lui
demander la liberté de mon

:mant, n'accordez, s'il fe peut,
rien à fon amour qu'il ne me
rende l'objet du mien. S'il vous
le refufe , prenez cette Pantoufle. En cet endroit , Mouftache fit un figne de fa pate , &
une Pantoufle , & un papier
tombérent en même tems fur
le lit. Voilà , continua-t'elle ,
le fecret que je vous ai promis,
& qui peut fe répéter autant
qu'on le veut ; pour cette Pantoufle , prenez-la , quand vous
verrez le Génie affoupi , faites
la lui baifer , elle redoublera
fon fommeil. Quoi ! cette Pantoufle le fera dormir ? S'écria

Néadarné, quel conte! ce font chofes qui fautent par-deffus-la conception humaine, répondit la Fée: Oüi, cette Pantoufle le fera dormir. Quand vous le verrez dans cet état, allez dans les jardins, chercher Cormoran, montrez-la lui, c'eft une de celles que je portois le jour que nous fûmes féparés, il a la pareille dans fa poche, il me l'avoit prife en badinant le jour que nous fûmes fi défagréablement furpris par le Génie; ordonnez lui de les mettre, elles le rendront invifible, fans cette précaution, il ne pourroit pas fortir de l'Ifle. Mais, interrompît Néadarné, fi le Génie s'apper-çoit à tems de notre fuite ? Ne craignez rien, dit Mouftache, fon courroux ne feroit à re-douter que pour Cormoran. D'abord que la nuit fera place au jour, il ne pourra plus rien fur vous, que vous ne le vou-liez; mais, ferrez foigneufe-ment la Pantoufle, & le pa-pier, je n'ai plus rien à vous dire, l'aurore fe montre. Alors, elle éveilla Tanzaï. Ah! jour funefte, s'écria-t'il, que tu t'es preffé de me luire! Eh bien,

partie de mon ame, dit-il à
Néadarné, êtes-vous toûjours
bien laide ? C'eſt, je crois, pis
qu'hier, dit la Princeſſe. L'éxe-
crable Métamorphoſe ! s'écria-
t'il, encore, ſi l'une avoit dé-
truit l'autre, j'aurois à m'en
conſoler, j'aurois du moins
précedé le Génie. Trêve de
lamentations, reprit Mouſtache, les équipages ſont prêts,
il faut qu'elle parte. Tâchez,
dit le Prince à Néadarné, en
l'embraſſant, d'éviter les careſſes du Génie, ou du moins
que ce ſoit ſi peu que rien s'il
vous touche. Vous n'y penſez
pas,

pas, dit Mouſtache, cela revient au même. Oüi dans le fonds, diſoit le Prince, une, c'eſt autant que dix, cependant, dix me chagrineroient plus qu'une. Vous avez de bizarres délicateſſes, repliqua-t'elle, mais ne penſez pas à tout cela, & recouchez-vous, vous me ferez quelque conte, vous avez l'eſprit orné. Oh! pour de l'eſprit, répondit-il, je n'en aurai d'aujourd'hui, vous êtes contente vous, vous allez revoir votre Cormoran, graces à la Taupiniere où vous avez vécu, il vous retrouvera com-.

II. P.   Q

me il vous a laiſſée ; mais Néadarné .. laiſſons cette idée, elle
me tuë ; pendant ces diſcours ,
Néadarné ne partoit point ,
& Mouſtache , craignant que
Tanzaï ne la retînt, après avoir
aſſuré, de nouveau , le Prince,
que Néadarné ne courroit aucun riſque, les obligea tous deux
de ſe ſéparer , & vît enfin partir la Princeſſe pour l'Iſle Jonquille avec autant de plaiſir
que Tanzaï en eut de douleur.
On verra dans les Chapitres
ſuivans, s'il avoit tort de s'al-
larmer.

TANZAÏ
ET
NÉADARNÉ.

LIVRE QVATRIE'ME.

CHAPITRE X.

Intéréſſant s'il eſt bien traité.

E'ADARNE', ainſi
qu'on le peut croire,
n'alloit pas ſans in-
quiétude trouver le Génie. On

Q ij

fait à moins des réfléxions , &
sa situation étoit de celles dont
route femme délicate sera toûjours embarrassée. Sa laideur ne
l'inquiétoit pas , mais ce qui
devoit se passer dans cette Isle
lui donnoit les idées du monde les plus desagréables ; cependant elle avançoit. Quand
elle fût à cent pas du bord,
elle fit arrêter ses équipages
avec ordre de l'attendre au
même lieu.

A peine fût-elle éloignée
de ses gens qu'elle prît son
miroir, elle y vit avec une
secrete satisfaction que Mou-

ftache lui avoit tenu parole, & que tous fes agrémens,
non-feulement étoient reve-
nus, mais étoient même au-
gmentés. Quoiqu'elle n'aimât pas le Génie, qu'elle regardât même comme un grand
malheur de lui paroître belle,
elle auroit pourtant été fâchée
de paroître devant lui dans l'é-
tat où la malice de Mouftache
l'avoit mife. Toute femme
veut plaire, même fans vouloir faire aucun ufage des défirs qu'elle fait naître; quelque paffion dont elle foit pénétrée, quelque délicatement

qu'elle la fente, elle a toûjours fa vanité à fatisfaire, &
comme c'eft le befoin le plus
preffé, il faut que l'amour y
perde. Elle fentoit donc une
forte de plaifir à penfer que
Jonquille feroit ébloüi de fa
beauté, & regardoit comme
un grand triomphe pour elle,
de voir ce Génie, accoutumé
à poffeder les femmes les plus
parfaites, avoüer qu'elle l'em-
portoit fur toutes. Elle étoit
encore occupée de fes idées,
lorfqu'elle arriva aux bords
du lac fur lequel l'Ifle étoit fi-
tuée.

On ne doit pas oublier de dire qu'elle avoit fait charger trente barques au moins des Taupes qu'elle avoit apportées de Chéchian, bien confervées par la miraculeufe protection de Barbacela. La Barque qui lui étoit réfervée étoit la chofe du monde la plus agréable à voir; fes voiles Jonquilles & argent, étoient chargées de devifes galantes, les Cordages étoient de même matiere que les voiles, & un amour qui tenoit le gouvernail, fembloit par fon attitude vive, & tendre, annoncer aux belles qui

paſſoient dans cette Iſle, les
plaiſirs qui leur étoient reſer-
vés. Néadarné monta dans cette Barque, non ſans fraïeur ;
naturellement elle craignoit
l'eau, & la figure de cet amour
qui paroiſſoit ſervir de Pilote,
ne la raſſuroit pas. Son voïage
cependant fût heureux, & la
Barque, quoique ſans Con-
ducteur, fendant les ondes
avec une rapidité exceſſive,
ne s'arrêta que dans un Port
ſuperbe bâti vis-à-vis le Palais
du Génie. Néadarné, l'émotion dans le cœur, & la rou-
geur ſur le front, deſcendit à
terre ;

terre ; fon embarras redoubla
à la vûë de la multitude ac-
couruë de tous les endroits de
l'Ifle, pour l'admirer : quoique
ce premier effet de fa beauté
ne lui déplût pas, l'air ricaneur
de ces Infulaires en l'obfervant,
lui fît penfer qu'ils ne pre-
noient pas le change fur ce
qu'elle venoit faire auprès du
Génie, & fa honte fût fans
égale. Elle marchoit toûjours,
quoiqu'entourée de ces habitans qui fe récrioient fans
modération fur le bonheur de
leur Souverain, & fur le magnifique préfent qu'elle lui

II. P. R

apportoit. Néadarné impa-
tientée de leurs éloges , de
leurs difcours , & de leur jau-
niffe , arriva enfin à la porte
du Palais , bien perfuadée que
fi le Génie étoit auffi jaune
que fes Sujets, fa figure n'étoit
pas dangereufe. Les maîtres
de cérémonie l'attendoient.
Ces gens-là étoient les favoris
du Génie , & cette Charge
avoit auprès de lui plus d'une
fonction. Ils dirent à la Princeffe que Jonquille n'auroit
pas manqué de venir au-devant d'elle, fi des devoirs im-
portants attachés à fa dignité

ne l'avoient pas retenu. En
attendant qu'il vînt, on la conduisît dans un appartement
superbe, où on lui servit une
magnifique collation ; elle y
étoit encore occupée, lorsqu'u-
ne simphonie charmante annonça ce Jonquille si redouta
ble. La Princesse sentît son cœur
en frémir ; l'idée de Tanzaï,
celle de ce qu'on alloit éxiger
d'elle, la troublérent, & lui
firent verser des larmes : elle
étoit encore dans ce désordre
lorsque Jonquille se présenta
à ses yeux : Frappé de l'éclat
de la beauté de Néadarné, il

demeura immobile. Néadarné,
par politeſſe, s'étoit levée ; dans
ce premier moment, tous deux
ne ſe dîrent rien , mais le Génie ſortant enfin de ſon trouble, pria la Princeſſe de ſe raſ-
ſéoir , & ſe mît à ſes genoux.
Néadarné n'avoit pas encore
ôſe le regarder en face , mais
forcée enfin de lever les yeux
ſur lui , elle fût extrémement
ſurpriſe, & de la majeſté de
ſa figure , & de ce qu'elle n'é-
toit pas jaune ; elle fît tous ſes
efforts pour qu'il ſe relevât ,
mais il n'en voulût jamais rien
faire , non plus que de lui ren-

dre une main qu'il lui avoit
faifie, & fur laquelle, pour
ne point perdre de tems, il
avoit déja imprimé plufieurs
baifers. C'étoit agir un peu brufquement, mais il étoit fi accoutumé aux bonnes fortunes
qu'il commençoit toûjours par
manquer un peu de refpect.
Sa coutume n'étoit pas de bor-
ner à fi peu de chofe fes pré-
miéres entreprifes, & la bouche de Néadarné lui fournif-
fant un beau prétexte pour autorifer fes emportemens, il alloit en approcher la fienne ;
mais Néadarné le repouffant

R iij.

avec force, c'eſt vouloir un peu trop promptement, lui dit-elle, me faire enviſager l'horreur de ma ſituation, &....Je ſçais bien, Madame, interrompit Jonquille, que je ne devrois pas m'emparer d'a-bord de ce qu'on ne pourroit pas attendre de vous, même après quinze jours de conſtan-ce, mais le deſtin ne me don-ne qu'un jour, & c'eſt, à ce qu'il me ſemble, vous prouver aſſez mes ſentimens, de ne vouloir pas m'expoſer à le per-dre. Quoi ! Seigneur, répondit Néadarné, aurez-vous aſſez peu de générosité pour abuser de l'état où je suis ? Ce n'est pas moi, Madame, répondit le Génie, qui ai exigé de vous cette démarche ; mon empressement doit vous dire à quel point je souhaite de vous être utile ; vous avez des répugnances, & je dois vous obliger malgré vous. Mais, reprit Néadarné, pourriez-vous être content, lorsque vous ne devrez qu'à la contrainte, un bien que mon cœur vous refusera toûjours. Je sçais encore, reprit Jonquille, combien la possession de votre cœur me ren-

droit heureux, & je ferois tous
les efforts du monde pour me
l'acquérir, si je croïois pouvoir
en venir à bout; mais à quoi
serviroit de ma part cette délicatesse, vous en seriez plus gé-
née, & je ne vous en paroîtrois
pas plus aimable. Le destin,
en m'offrant les plus doux
plaisirs, me condamne à être
privé de ce qui en fait les plus
grands charmes, vous vous
donnez à moi à regret: Dans
ces instants que vous pourriez
rendre si heureux, vous gémî-
rez, votre sévére vertu vous en
fera des momens douloureux.

Je pourrois vous donner de
meilleurs conseils, il ne tien-
droit qu'à vous de vous faire
un plaisir de la nécessité, elle
vous seroit moins crüelle, &
vous n'en seriez gueres moins
vertüeuse. Le devoir ne nous
est pénible, que parce qu'il n'est
pas l'ouvrage de notre fantai-
sie : l'époux le plus aimable ne
déplait souvent que parce qu'il
est en droit d'éxiger ce qu'on
lui livreroit avec transport, si
l'on ne s'en croïoit pas tributaire. Avec lui, c'est une dette
qu'on acquitte ; à l'amant,
c'est un présent qu'on lui fait.

Il est naturel qu'on ait plus de plaisir à l'un, qu'à l'autre. Je suis avec vous dans le même cas; vous ne m'avez pas choisi, & ce n'est que par cette raison que vous me haïssez; mais enfin, vous êtes obligée d'avoir des complaisances pour moi, & je vous demande, uniquement pour vous-même, de les imaginer moins fâcheuses. Eh ! le puis-je ? S'écria la Princesse, puis-je ne vous pas détester ? Mon cœur.... Madame, interrompit le Génie, je suis fâché que vous ne me le puissiez pas donner,

mais à vous parler franchement, le cœur n'eſt ſouvent
qu'une chimére, il n'agît pas
toûjours autant qu'on le penſe;
je ſuis devenu Philoſophe là-
deſſus ; voïons donc dequoi il
s'agit, quel eſt le ſujet qui vous
amene ici ? Quoi ! vous l'ignorez, dit Néadarné. Je ſçais,
répondit Jonquille, à quoi je
dois occuper ici votre loiſir,
mais ce qui vous fait recourir
à moi, m'eſt inconnu. Je gué-
ris tant de choſes que je ne
connois pas toutes mes pro-
priétez : N'avez - vous auſſi
qu'un remede, dit Néadarné?

Non, Madame, reprit le Génie, & vous êtes la feule à qui
j'aïe vû fouhaiter que je pûffe
en emploïer un autre ; voïons
enfin : Qu'avez - vous ? Une
écumoire ..... Comment ; in-
terrompit-il, une écumoire !
ce mal me paroît curieux. Oh!
reprit Néadarné, mon avanture eft la chofe du monde la
plus furprenante, mais je ne
pourrai jamais prendre fur moi
de vous en inftruire. N'importe, dit le Génie, je vous
guérirai peut-être fans cela ;
cependant il en feroit mieux
que je fçuffe précifément fur-

quoi j'ai à travailler. Vous
çaurez donc, continua la
Princeſſe, qu'en conſéquence
de cette écumoire dont je vous
ai parlé, le Prince mon époux
perdît tout, & qu'il ne lui reſta
qu'elle. Depuis, ce qui ne paroiſſoit plus s'eſt rétabli, mais
à mon tour, j'ai éprouvé des
accidents.... Vous n'ignorez
pas que le mariage éxige de
certains ſoins.... Puiſſai-je,
s'écria Jonquille, ne vous être
jamais bon à rien, ſi j'entends
ce que vous me dites. Que veut
dire une écumoire, qui fait perdre ce qu'on avoit, & qu'a-t'elle

de commun avec les foins que
demande le mariage? Parlez-
moi plus clairement, je vous en
conjure. Néadarné, enhardie
alors par les priéres du Génie,
lui découvrit de point en point,
non fans rougir, ce dont il
étoit queftion. Votre état eft
fâcheux, reprit Jonquille en
foûriant, mais il fera aifé de
vous en tirer; votre maladie
eft pourtant finguliere, & depuis que je me connois, il ne
m'en eft pas tombé une pareille entre les mains. Je n'en
ai pas pour cela une plus mauvaife opinion; mais, Mada-

me, je crains que vôtre indocilité pour le reméde n'en rende l'effet inutile : Ne pourriez-vous pas vous en faire une idée moins affreuſe, je ne condamne point vos délicateſſes, mais auſſi ... Eh bien, Seigneur, s'écria Néadarné, ſi vous ne condamnez point mes délicateſſes, n'éxigez donc pas de moi ce qui me déplaît tant ! Madame, reprit Jonquille, je n'éxige rien, il dépend de vous d'accepter, ou de refuſer mes ſervices. Dès ce moment, vous pouvez partir ; mais Seigneur, dit Néadarné,

j'aurai entrepris un voïage inutile? Il ne tient qu'à vous, reprit Jonquille, qu'il ne le foit
pas. Ah crüel! s'écria-t'elle,
le vifage baigné de pleurs. Eh
bien, divine Princeffe, dit-il
en fe levant ; n'obtiendrez-
vous rien de vous-même, &
ferai-je toûjours à vous preffer
de travailler à votre bonheur?
Laiffons cette converfation,
dit la Princeffe, elle m'em-
baraffe. Je vous embarafferois
bien davantage, reprit Jonquille, fi je nevous parlois plus de
rien, mais je connois trop mes
devoirs pour commettre cette
impoliteffe.

impoliteſſe, & je ſçai que je
dois paroître toûjours vous arracher ce que, ſans doute,
votre clémence me donnera.
En attendant, Tâchez de ne
me point haïr, & venez em-
bellir par votre préſence, les
fêtes que je vous ai préparées.
Le Génie alors prit la main de
la Princeſſe, non ſans la lui
ſerrer plus qu'elle n'auroit
voulu, & elle en roûgiſſant
des libertez qu'il prenoit, ſe
laiſſa cependant conduire en
eſpérant qu'il en reſteroit-là.

II. P.   S

CHAPITRE XI.

Qui ne sert qu'à allonger l'ou-
vrage.

ON estime autant dans
une Histoire, des Réflé-
xions judicieuses que des faits
élégamment décrits. On a raison; si elles allongent le narré,
elles prouvent la sagacité de
l'Auteur. En suivant ce principe, on peut se croire permis
de réfléchir ici sur la sitüation
de Néadarné. Toute femme
qui dira qu'en sa place elle

n'auroit point eû d'inquiétude, ou fera une hypocrite,
ou une de ces perſonnes à qui
il n'appartient pas de connoître les riſques de l'occaſion, &
qui s'y ſont toûjours abandon-
nées ſans réfféxion. (Cette idée
peut n'être pas claire, mais
tant mieux pour le Lecteur ; il
aura le plaiſir de l'interpréter
à ſa fantaiſie.) Il eſt rare qu'u-
ne femme du monde ſe trouve
dans un cas dangereux pour
elle, ſans qu'elle le vüeille ; ſa
vertu n'eſt jamais violentée
par les circonſtances, & quoique l'on ait entendu dire à

plus d'une, qu'en donnant à
fon amant tel rendez vous où
elle fuccomba, elle ne l'auroit
par fait, fi elle n'avoit pas cru
s'en tirer à fon honneur, on
devra toûjours croire qu'elle
ne doutoit pas de ce qui arriveroit, & la preuve de cela,
c'eft qu'un homme à qui l'on
aura donné un de ces innocens
rendez-vous, n'a qu'à n'en
point faire ufage pour être
brouillé presque fans reffource, avec la vertüeuse beauté
qui fe fera renfermée avec lui.
Les femmes ont pour fauver
leur vertu bien des reffources;

l'habitude où elles font de
voiler leurs mouvemens, &
ce principe de bienféance, &
d'orgueil qui les étouffe ; notre
timidité, notre refpect pour
elles, & prefque toûjours l'i-
gnorance où nous fommes des
idées qu'elles ont avec nous,
& la crainte de leur déplaire,
voilà ce qui fait ordinairement
les forces de cette formidable
vertu qui nous en impofe ; l'i-
dée du plaifir un peu réfléchie
furmonte infailliblement dans
le cœur, toutes les idées de
préjugé. D'elle - même une
femme peut ne fe pas arrêter

aux images qui pourroient
bleſſer ſa pudeur; mais, qu'un
amant ſe préſente., & qu'il
plaiſe, qu'eſt-ce alors pour
elle que la vertu? Si elle combat encore, ce n'eſt plus pour
la ſauver; elle y perdroit trop.
Mais il faut céder avec honneur, & mettre du grand dans
ſa foibleſſe, tomber décem-
ment; en un mot, & pouvoir
s'excuſer ſoi-même quand on
réfléchit à ſon deſordre. Peu
de femmes tombent d'accord
de cette vérité; mais cela
n'empêche pas qu'elle ne ſoit
conſtante. Néadarné n'avoit

pas pour faire briller fa vertu
le tems que l'on prend d'ordinaire , plus ou moins felon la
pruderie , la majefté , & la
diffimulation de la perfonne
attaquée. On ne lui donnoit
qu'un jour , encore n'étoit-
elle pas fûre que fa réfiftance
allât jufques au bout. Le Génie étoit aimable , impatient ,
& dans l'habitude de vaincre :
Il connoiffoit le cœur , faifoit
profit de tout , & ces fortes de
gens font extrêmement dangereux. Ils aménent le moment , & ne s'y trompent pas.
Elle étoit défenduë à la vérité

par la paſſion qu'elle reſſen-
toit pour Tanzaï, mais pour
les intérêts de cette même paſſion, il étoit important qu'elle
la bleſſât, d'autant plus excu-
ſable encore que ſon époux ne
ſeroit jamais inſtruit de ce qui
ſe paſſeroit dans l'Iſle. Que de
raiſons pour ſuccomber! & il
n'y en avoit qu'une, imagi-
naire encore, qui pût l'en empêcher. Que de perſonnes qui
blâmeront la Princeſſe, auſ-
quelles il n'en faudroit pas
tant! Suivant ce raiſonnement,
qui pourroit être de moitié
plus court, la Princeſſe n'étoit

pas

pas fans émotion pendant que
Jonquille la conduifoit. Il lui
fit traverfer des Appartemens
immenfes, plus ornés encore
par le goût, que par la magnificence, quoiqu'elle y fût ex-
ceffive. Du Palais, on entroit
dans des jardins charmants ;
tout ce que l'art a pû imaginer de plus correct, & de plus
brillant, étoit joint dans ces
lieux, aux beautez les plus fim-
ples de la nature. On voïoit
d'un côté, des grottes rufti-
ques, & des ruiffeaux dont le
murmure tranquille invitoit
au plus doux repos, ou aux

II. P.   T

plus tendres plaisirs. De l'autre, c'étoient des cascades à
perte de vûë, des cabinets superbes, des statües d'un grand
prix. Là, on s'égaroit dans les
routes tortueuses, & inégales
d'un bois que son irrégularité
ne rendoit que plus agréable.
Ici, des allées d'une hauteur
surprenante, & compassées
avec soin, offroient une pro-
menade plus aisée, mais moins
voluptüeuse. Les Parterres ra-
vissoient par la variété, & la
beauté des fleurs dont ils é-
toient ornés ; Flore y avoit à
jamais fixé son empire, & Zé-

phire l'y trouvoit fi belle qu'il
fembloit en l'y careffant fans
ceffe, avoir pour toûjours re-
noncé à fon inconftance. Des
oifeaux de toutes les efpéces
habitoient dans ces jardins ; la
Tourterelle mêloit fes tendres
accens aux chants vifs, & lé-
gers du Serin, & du Roffignol.
Des Nymphes charmantes y
formoient des danfes. Des Bergers plus galants que ceux des
bords du Lignon chantoient
fur leur muzette un amour, qui
quoique toûjours heureux,
n'en étoit pas moins fidele; tout
enfin parloit amour dans ces

délicieux Boccages, tout l'offroit aux yeux, tout l'inspiroit au cœur, il sembloit qu'on le respirât avec l'air de ce séjour enchanté. La volupté assise au milieu de ce jardin, ordonnoit elle-même les plaisirs, & répandoit sur eux ce charme si flatteur que sans elle ils n'ont jamais. Les amours la couronnoient de fleurs, & formoient autour d'elle les jeux les plus badins. Néadarné ne pût résister à tant d'objets, & malgré elle, son cœur s'émût ; elle se sentit ce mouvement de tendresse qui trouble les sens, &

les prépare à un plus grand desordre. Jonquille qui s'apperçût de ce qui se passoit dans son ame, la regarda avec des yeux qui peignoient si bien ses desirs, que Néadarné ne pouvant supporter leur éclat, interdite, troublée, soupira, & si doucement que Jonquille voulût dans l'instant même, lui faire voir un bosquet qui se trouvoit sur leur route. Néadarné distraite par la confusion de ses idées, s'y laissoit conduire, mais en approchant de ce bosquet elle le trouva si sombre, & jettant les yeux sur le Génie, le vît fi amoureux, que revenuë à elle-même, elle refufa féchement d'y entrer. Jonquille qui fçavoit qu'il y a plus d'un moment dans la journée, voïant celui là paffé pour lui, ne la preffa pas davantage, & la conduifît du côté où les Nymphes, & les Bergers formoient les danfes les plus agréables. Néadarné s'en occupoit, lorfqu'un homme parti avec une viteffe extrême d'un des bouts du jardin, vînt, en faifant la roüe, & la culebute, donner au milieu de la danfe, & la déranger.

La Princesse, à son emploi, le reconnût d'abord pour Cormoran, mais voulant cacher au Génie, l'intérêt qu'elle y prenoit. Voilà, lui dit-elle, un homme qui s'est fait une danse singuliere. Il ne danse pas ainsi pour son plaisir, répondit Jonquille : J'ai peine à croire, reprit Néadarné, que ce soit pour le vôtre. Vous ne connoissez pas ce Sauteur, dit le Génie, c'est l'homme du monde qui a le plus de talents, & qui seroit en même tems le plus heureux s'il n'avoit pas mérité ma colere en m'enlevant le

T iiij

cœur d'une Fée que j'adorois.
Trop humain pour ordonner
des supplices cruels, je me suis
contenté de le garder toûjours
dans mes jardins, occupé à
remplir la pénitence que vous
lui voïez faire. Ah Seigneur!
s'écria Néadarné, daignez suſ-
pendre son supplice! Approche malheureux, dit le Génie
à Cormoran, ose lever les
yeux sur ton maître, va au
Palais, & fais tes efforts pour
amuser l'objet divin qui veut
bien commander dans ces
lieux. Cormoran ne répondît
que par une profonde révé-

rence, & prît le chemin du
Pálais, non sans faire encore
quelques culebutes, tant est
grande la force de l'habitude.
Néadarné, en remerciant le
Génie, ne pût s'empêcher de
le regarder, & le trouva si su-
périeur à Cormoran, quoique
ce dernier fût aimable, qu'elle
accusa Moustache de caprice
de n'avoir pas répondu à la
tendresse de Jonquille. Elle
en étoit même déja au point
de le trouver aussi beau que
Tanzaï, sans cependant que
cette comparaison tirât à con-
séquence pour elle ; elle ne

pût même penser à son époux
qu'en soûpirant, & elle se con-
firmoit plus que jamais dans la
résolution de lui être fidelle,
lorsqu'on vînt annoncer qu'on
avoit servi. Le Lecteur voudra
bien, tant pour sa commodité,
que pour celle de l'Auteur,
fauter tout d'un coup du jardin
dans la salle à manger, d'autant plus qu'il n'y peut rien
perdre.

CHAPITRE XII.

Où l'on verra, entre autres cho-
ses, combien la Musique a
dégénéré.

CEtte salle à manger étoit,
à ce qu'on assûre, extré-
mément belle, & le répas
étoit digne de ceux pour qui
il étoit préparé. Néadarné
étoit placée vis-à-vis le Génie,
cette situation lui déplaisoit;
car enfin, on regarde ordinairement devant soi; elle se
voïoit condamnée à ne pas

lever les yeux, ou à regarder Jonquille qui, de son côté, commençant à devenir fort amoureux, lorgnoit de la façon du monde la plus incommode. Néadarné, entre autres choses, fût surprise de ne pas voir paroître de Taupes sur table. Seigneur, dit-elle au Génie, vous contraindriez-vous pour moi, que je ne vois point ici votre mets favori? J'ai pourtant apporté une assez grande quantité de Taupes pour que l'on pût vous en servir. Moi! Madame, dit Jonquille, je ne mange point de

aupes, c'eſt le Gibier du mon-
le dont je fais le moins de cas.
Qui vous a donc fait ce conte-
à? On m'avoit aſſuré, reprit-
lle, que c'étoit ce que vous
iimiez le mieux, ſi cela n'eſt
3as, à quoi vous ſert-il d'en
lépeupler la terre? J'ai eu des
aiſons eſſentielles pour le vouloir ainſi, Madame, reprit le
Génie, mais elles ont ceſſé,
je ne pourſuis plus l'ingrate
qui m'avoit outragé. Le ſupplice de ſon amant, & l'état
où elle eſt contrainte de vivre,
me vangent aſſez d'elle, &
ma colere s'eſt éteinte lorſque

mon amour s'eſt diſſipé. Ceci
eſt pour moi une énigme, reprit Néadarné : il ſera aiſé de
vous l'expliquer , reprit Jonquille : Ce malheureux que
vous voïez là-bas avec ce tympanon, celui qui vous doit le
jour heureux dont il joüit, eſt
l'indigne objet que l'on m'a
préféré. Mais Seigneur, dit
Néadarné, puiſque vous n'avez
plus d'amour, pourquoi per-
pétüez vous votre vengeance ? Pour me pardonner d'être
crüel de ſang froid, reprit-il,
il faudroit que vous ſçûſſiez
avec quelle indignité j'ai été

joüé, & les tourmens affreux
dont mon cœur s'eft vû la
proïe. Terminons, de grace,
cette converfation, & n'em-
poifonnez pas, en me rappellant un fouvenir fi fâcheux,
le plaifir dont votre vûë me
pénétre.

Si ce plaifir étoit auffi vif
que vous voulez que je le
croïe, répondit la Princeffe,
vous n'entendriez parler de
votre ancien amour que comme d'un fonge dont vous pourriez à peine vous rappeller l'i-
dée, votre rival ne feroit plus
un ennemi pour vous, & vous

oublieriez, en me regardant,
que quelqu'autre a pû vous
inſpirer de la tendreſſe. Quelqu'un croira ſans doute à ce
diſcours que Néadarné ne faiſoit pas ce reproche au Génie
ſans qu'un peu de paſſion s'en
mêlât. Kiloho-éé a été prêt
de le croire auſſi, cependant
comme il faut ſe garder d'interpréter trop promptement
en mal des actions qui peuvent être innocentes, & que
d'ailleurs on doit avant que de
prononcer ſur une matiére
délicate, en enviſager toutes les
faces, il a cru, après une profonde

fonde réfléxion, que Néadarné n'avoit paru un peu jalouse que pour obtenir plus facilement Cormoran de Jonquille. Cette interprétation est vraisemblable, Néadarné n'aimoit pas assez Jonquille pour être jalouse d'un amour passé, & la tendresse qu'elle conservoit pour Tanzaï devoit la laisser là-dessus dans la froideur que l'on a pour les choses indifférentes. Jonquille, qui, quoique fort aimable, étoit aussi vain qu'un autre, ne se fit pas toutes ces idées, & remercia la Princesse, autant que par la

II. P. V

bonne opinion qu'il avoit de
lui même, il s'y crût obligé.
Ah belle Princeſſe : lui dit-il
avec tranſport, ſi j'ai paru ne
pas oublier abſolument auprès
de vous la tendreſſe que j'ai
eûë pour une autre, Perſonne
du moins, n'altérera jamais
celle que je me ſens pour vous.
Il lui tînt encore beaucoup
d'autres diſcours, tous fort paſ-
ſionnés, & que pourtant l'Auteur ne nous a pas conſervés,
ſoit qu'il les ait trouvés trop
difficiles à rendre, ſoit qu'il
n'en ait point fait de cas, c'eſt
ce qu'on ne ſçait pas poſitive-

ment. Jonquille alloit, fans doute, continüer à ennuïer Néadarné, lorfque celle-ci pour l'en empêcher, lui témoigna l'envie qu'elle avoit d'entendre chanter Cormoran. Ce malheureux Prince s'avança, & s'accompagnant de fon tympanon avec une délicateffe infinie, il chanta de la voix du monde la plus touchante, n'importe fur quel mode, l'excès de fon amour, & de fes tourmens. Tous ceux qui étoient dans la falle en fûrent fi attendris que les fanglots fe fîrent entendre par tout. Néa-

darné qui avoit le cœur très-
compatiffant fondoit en larmes , & pouffa fi loin fon
étouffement qu'il fallût lui
couper fon lacet. Jonquille
lui-même en avoit les larmes
aux yeux , & voïant que la
douleur ne difcontinüoit pas.
Traitre! dit-il à Cormoran,
t'ai-je ordonné de faire pleurer
ma Princeffe , & toute mon
Ifle? Finis la défolation publique, chante mes plaifirs , ou
crain que je ne te donne de
nouveaux malheurs à mettre
en Mufique.

Eh ne le grondez pas! dit

Néadarné , il m'a ferré le
cœur , je l'avoüe , mais j'ai eû
à pleurer , un plaifir inéxpri-
mable. A peine avoit-elle ceffé de parler que Cormoran qui
craignoit la colere du Génie ,
chanta un air fi guai & le joüa
avec tant de vivacité, que l'af-
fliction diminuant d'abord ,
& l'air que chantoit Cormoran redoublant toûjours de
guaïeté , il fût impoffible aux
Courtifans du Génie de fe contenir , & le refpect qu'ils lui
devoient, ne pût les empêcher
de former fur le champ une
contredanfe. Jonquille auroit

bien voulu se fâcher ; mais entraîné par la force de la Musique, il se leva, prêt à se mettre de la partie. Néadarné charmée de le voir si sensible aux talents de Cormoran, lui parla encore de le remettre en liberté, mais il reçût si mal cette proposition, & parût s'offenser si fort de ce qu'elle pensoit à ce Prince, quand elle n'auroit dû, à ce qu'il croïoit, penser qu'à lui, qu'elle résolût de se servir de la Pantoufle, puisqu'on n'en pouvoit rien obtenir. On leva table, & après le caffé,

Néadarné voulant occuper

onquille, lui propoſa une par-

ie de Berland à cinq. Soit, dit

onquille, joüons au Berland

n attendant l'Opera. Ecou-

ez, Cormoran, ajoûta-t'il,

ïez ſoin de tout, & ſongez à

çavoir mieux votre rôlle que

ous ne fîtes la derniére fois.

Cormoran partît. Il eſt donc

on pour l'Opéra? Demanda

Néadarné. Oüi, dit le Génie,

'il ne chantoit pas faux, ſi ſes

ons n'étoient pas glapiſſants,

'il paroiſſoit moins fat ſur le

Théatre, & qu'il y minaudât

moins; il ſeroit fort bon Ac-

teur. En achevant ce difcours,
on fe mît au jeu , & Néadarné faifant , ou tenant perpe-
tuellement va tout, aïant fans
ceffe Berland favori , ne filant
point , cavant au plus fort,
joüa avec un agrément infini.
Pendant le jeu, Jonquille avoit
avancé fes jambes fous la table, & Néadarné, ne fçachant
à qui elles appartenoient , dif-
traite comme une Princeffe ,
s'en fît un Couffin. Bien des
gens ont blâmé cette facilité
de Néadarné , fur tout dans
les termes où elle en étoit avec
Jonquille. Mais, qui ne fçait
que

que ce qui tire à conféquence
pour les particuliers, n'eft rien
pour les perfonnes d'un rang
élevé? Une femme de condition ne fait-elle pas fans rifque
toute la journée, des chofes
qu'une autre qu'elle, n'oferoit
feulement jamais penfer. N'eft-
ce pas même, ce noble mépris
des ufages qui la diftingue
plus que fon rang? D'ailleurs,
une preuve que Néadarné ne
s'apperçut point que ce fût fur
les jambes du Génie qu'étoient
pofées les fiennes, c'eft qu'elle
ne l'obligea pas à les remettre
convenablement, & qu'elle

II. P.   X

n'eut point de diftractions :
Jonquille à la vérité en con-
çût de grandes efpérances,
mais qu'importe ? Néadarné
pouvoit bien n'en être pas plus
coupable. Que feroit-ce donc?
Si les femmes étoient obligées
de répondre de tout ce que la
fatüité des hommes leur fait
imaginer fur leur compte. Ne
tirent-ils point parti , & des
égards innocents qu'on a pour
eux, & même du peu de cas
qu'on fait de leur perfonne ?
Qu'on les regarde , c'eft defir.
Qu'on ne les regarde point ,
c'eft diffimulation. Les fem-

mes feroient bien malheureu-
fes fi elles penfoient, ou fi elles fentoient le quart des im-
pertinences que les hommes
leur attribüent. Ordinairement ils ne les croïent ridicules que quand ce font eux qui
le font. Jonquille, ainfi qu'on
l'a déja dû remarquer, étoit
avantageux ; plein de confiance ; déja il alloit demander
compte à la Princeffe de la faveur qu'elle venoit de lui faire
lorfque le jeu finit, & qu'on
vînt dire qu'on les attendoit
pour commencer l'Opéra. Jonquille y conduifît la Princeffe

toûjours lui parlant de sa flamme, & elle, le laissant toûjours faire, puisqu'il étoit écrit
par le destin qu'elle ne devoit,
ni ne pouvoit lui imposer silence.

CHAPITRE XIII.

L'Opéra.

IL seroit difficile de bien dé-
crire l'Opéra de l'Isle Jonquille. Kiloho-ée en quelques
endroits se plaint de la sécheresse de l'Auteur Japonois qui,
à son tour, médit du Chéchia-

nien, ce qui suppose que sans parler des autres Traducteurs, le François se plaint de tous les trois, & que le Public se plaindra du dernier, & lui imputera, ou de s'être trop étendu sur des matiéres stériles, ou d'avoir passé trop légérement sur des objets intéressants. Mais, à moins de manquer de sincérité, le Traducteur peut-il donner des récits qu'il n'a pas trouvés, & s'il les imaginoit dans les circonstances où ils pourroient être nécessaires, ne se sentiroient-ils pas du siécle où il vît, & pour-

roit-il en se transportant même dans des tems aussi éloi-
gnés que sont ceux où ont vécu
ses héros, rendre parfaitement
des usages dont il ne reste plus
aucune connoissance ? N'est-il
pas plus à propos qu'il en prive ses Lecteurs, que de leur
débiter des fables dont ils sen-
tiroient bientôt l'absurdité ? Le
devoir d'un Traducteur fidele
n'est autre chose que de suivre
littéralement son Auteur, si
ce n'est que lorsqu'il ne l'en-
tend pas bien, il peut le péri-
phraser, le commenter, l'a-
juster ; le Traducteur de ce li-

vre avoüe franchement que
n'entendant pas parfaitement
son Auteur, il lui a prété au-
rant de sottises pour le moins
qu'il lui en aura épargnées;
qu'il est devenu long, où le
Chinois étoit court; précis où
il ne l'étoit pas; obscur où il
étoit clair; Railleur où il étoit
Moral; Galant où il étoit Phi-
losophe, & que de toutes les
fautes qu'il a faites, il n'en fait
excuse, ni n'en demande pardon au Lecteur de quelque
façon que ce puisse être, puisque le Livre n'en seroit pas
meilleur, & que cet avilisse-

ment ne le rendroit pas plus
estimable. Toutes ces raisons
bonnes, ou mauvaises, feront
qu'on ne sçaura qu'imparfai-
tement ce que c'étoit que l'O-
péra dont il est ici question.
A qui s'en prendre? Un Historien imagine quand il écrit,
que la postérité sera au fait
des usages qui régnent de son
tems, & c'est ce qui fait qu'aujourd'hui, on ne sçait que
par des conjectures, encore
très hazardées, qu'elle étoit la
façon de vivre particuliere des
Romains, & qu'une chose de
cette importance occupe mille

Sçavans qui y emploïent, fans
fruit, leurs précieufes veilles.
Après un exemple tel que ce-
lui-là, le Traducteur doit être
excufé, & s'il ne l'eft pas, il
ne s'en doit plus mettre en
peine. S'il avoit à rendre raifon de toutes les impertinen-
ces qui font dans ce Livre, il
ne finiroit point : Il eft donc
à propos qu'il dife, pour terminer ce long raifonnement,
auffi ennuïeux pour lui, que
pour les Lecteurs, que dans
l'Ifle Jonquille, vulgairement
le Poëme d'un Opéra étoit ridicule, qu'il confiftoit en de

vieilles Fables doucereufement
r'habillées; qu'eſſentiellement,
le ſtile en étoit fade, & la Poë-
ſie lâche ; qu'il ne s'y agiſſoit
ni de conduite ni d'intérêt ,
que l'on y faiſoit danſer à tous
propos, les gens du monde
qui devoient danſer le moins,
que la perſonne la plus affligée y venoit chanter ſes peines, & que plus d'un héros
bleſſé à mort, venoit ſur le
Théatre faire ſon teſtament,
avec un accompagnement de
fluttes : Qu'il y avoit des en-
trées de fleuves, & que le Dieu
le plus grand, ſouvent deſcen-

ſoit des Cieux uniquement
pour faire, ou pour dire une
ſotiſe. Au reſte, ce ſpectacle
étoit magnifique & plaiſoit
ſurtout par la décence qui y
régnoit. Toutes les Actrices
étoient Nymphes, & l'on en
trouvoit auſſi bien dans les
chœurs, que dans les rôlles
principaux ; inſtruites à joüer
toutes ſortes de perſonnages ,
tantôt veſtales , tantôt prétreſ-
ſes de Venus , paſſant de la
garde du feu ſacré , aux doux
myſtéres d'Amathonte , ſui-
vantes de la vertu , & de la
volupté , s'acquitant égale-

ment bien en Public de l'un,
& de l'autre rôlle, ce n'étoit
jamais qu'en particulier, que
l'on fçavoit quel étoit celui
des deux qui leur coutoit le
plus; elles ne découvroient
pas à la vérité les fecrets de
leur art à tout le monde, l'a-
mant le plus enflammé, & le
plus aimable auroit marqué
vainement de la curiofité. Le
caprice même ne pouvoit rien
fur elles; l'ambition ne les fé-
duifoit pas davantage, & il
falloit qu'une divinité plus
puiffante que les autres, les dé-
terminât à paroître ce qu'elles

oient. Ces foibles particu-
rités que Kiloho-ée nous a
onfervées de ce fpectacle fuf-
fent, à ce qu'on croit, pour
a donner une idée, & pour
iontrer aux Lecteurs com-
ien ces Actrices étoient loin
e la fageffe, & du définteref-
ement qui font aujourd'hui
unique caractére des nôtres,
e combien les Poëmes de cet-
a Ifle, & leurs agrémens per-
roient auprès de ceux que
'on admire à préfent. En cas
u'une fi longue digreffion fit
erdre le fil de l'Hiftoire, on
apellera ici que Néadarné

alloit à l'Opéra, qu'elle y étoit conduite par Jonquille, qu'il lui tenoit des discours dont sa pudeur étoit allarmée, & qu'elle les écoutoit avec patience, autant par politesse, que par l'impossibilité de faire autrement. Aussi-tôt qu'ils fûrent arrivez à l'Opéra, on le commença. Quoique Cormoran y fît des merveilles, ils n'en fûrent amusés ni l'un, ni l'autre. Jonquille étoit devenu amoureux, & voulant tout devoir aux sentimens de la Princesse, sa conquête lui paroissoit douteuse.

Néadarné de son côté, malgré sa passion pour Tanzaï,
& sa vertu naturelle , com-
nençoit à s'inquiéter. Devoit-
elle refuser, ou non ? Retour-
nera-elle auprès de son époux
comme elle en est partie ? Met-
tra-t'elle en œuvre le secret de
Moustache ? N'est-il pas pour
la rétablir d'autre reméde que
celui qu'on lui propose ? Peut-
elle le prendre sans danger ?
Ce Génie est aimable, & pour
comble de malheurs, il témoigne qu'il aime ; sa tendresse est bien plus à craindre que
sa puissance ! Quel crime pour

elle, si cédant enfin à la nécessité, son cœur l'approuve,
& s'y conforme! on est si fra-
gile! elle se trouve dans une
situation si délicate! ce malheureux Prince, objet de toute son ardeur, languit absent
d'elle : Il gémit de penser, seulement à ce qui lui doit arriver. Peut-être soupçonnera-
t'il son avanture ? Et, si le secret de Moustache n'est pas
bon ? Cependant il doit l'être;
le moïen! qu'aïant besoin d'elle, cette Fée voulût la tromper ? Qu'il se trouve bon ; en
est-elle moins coupable ? Mais,
ce

ce Prince , source de toutes ses inquiétudes , ne s'est-il pas livré aveuglément à la Fée Concombre ? Ne croïoit-il pas d'abord qu'une Déesse recherchoit ses empressemens , & quoiqu'il ait été puni de son infidélité , en a-t'elle été moins commise ? Il l'a à son retour païée d'un songe , n'appartient-il qu'à lui de rêver ? Cependant, si elle le lui rend , la croira-t'il ? Qu'importe après tout, & de quel droit, coupable comme il l'est, osera-t'il lui reprocher une faute involontaire, quand la sienne

II. P.   Y

ne l'a pas été? Pourquoi a-t'il
couché avec Concombre? Cette idée fût la derniere de la
Princesse, & le souvenir de
son injure lui fit presque voir
la vengeance nécessaire. Tant
il est dangereux d'avoir tort
avec les femmes! il est pourtant vrai au fonds, que tort,
ou non, cela revient souvent
au même. Jonquille, comme
l'on doit voir, ne perdoit point
à ce petit raisonnement que la
Princesse faisoit en elle-même.
Il avoit observé tous ses mouvemens, & le regard qu'elle
lui avoit lancé en finissant de

se rendre compte, l'avoit instruit de ses derniéres dispositions à son égard. Quoiqu'il
eut fait semblant avec la Princesse d'ignorer la raison qui la
conduisoit chez lui, il en avoit
été instruit à fonds par Concombre qui, en lui faisant valoir la beauté dont elle lui assuroit la possession, ne lui avoit
déguisé aucune circonstance
de l'avanture. Ce n'avoit été
sans doute que pour mieux
pénétrer les sentimens de Néadarné qu'il l'avoit obligée à
raconter elle-même son Histoire; peu accoutumé à se pren-

dre de sentiment, il n'avoit
songé d'abord qu'à se rendre
heureux malgré la répugnance de Néadarné ; mais depuis,
son extrême beauté, sa vertu,
& sa modestie, lui avoient
donné des desirs plus étendus.
L'amour qu'elle avoit pour un
autre ne servoit qu'à donner
plus de vivacité au sien. Il
imaginoit un plaisir extrême à
chasser Tanzaï du cœur dont
il étoit maître, & plus la victoire lui parût difficile, plus
il fût flatté du triomphe. En
effet, se disoit-il, quel plaisir
seroit-ce pour moi que celui

de posséder une beauté qui,
desespérée d'être entre mes
bras, n'y poufferoit pas un
foûpir qui ne fût l'interprête
de fa douleur, qui me repro-
cheroit mes empreffemens;
qui toute entiére à un autre,
accablée de la violence qu'elle
fe feroit, ne leveroit fur moi
que des yeux qui tout baignés
de larmes qu'ils feroient, m'ex-
primeroient fon indignation,
& l'horreur qu'elle auroit pour
moi. Ah! quelle différence
de devoir à fes foins des momens fi tendres, d'être l'Auteur de fa félicité, de faire

celle d'une beauté chérie , de
joüir de ſes tranſports , de ſon
deſordre , de lui entendre bé-
guaïer qu'elle vous adore, de ſe
ſentir ſerrer avec volupté dans
ſes bras , d'égarer ſon ame avec
la ſienne , de la voir , confon-
duë dans de ſi doux plaiſirs ,
ſe perdre elle-même , & vous
chercher encore ! d'éprouver
les plus charmantes careſſes ,
de lire dans ſes yeux troublés,
l'excès de ſa ſenſibilité , & de
ſon amour ? Ah Néadarné !
quelle autre que vous, donneroit mieux ces plaiſirs ? Quel
bonheur de vous inſpirer tous

l'amour que vous faites naître!
quoi! je vous verrois entre mes
bras, dépoüillée de cette vertu
severe que vous oppofez encore à ma flamme; Jonquille!
l'heureux Jonquille!.... Ah!
il en mourroit de joïe. Mais,
adorable Princeffe, ne détournez pas ces yeux charmans,
laiffez moi m'ennivrer de la
douceur d'en être regardé;
hélas! j'y lis moins de colere,
mais que j'y trouve encore
d'indifférence! Pendant tout
ce beau Monologue, Jonquille regardoit la Princeffe, & la
Princeffe en effet ne fuïoit pas

les yeux de Jonquille. On
joüoit en cet inſtant un mor-
çeau de Muſique ſi tendre que
ſon cœur, déja diſpoſé, ne
pût y réſiſter. Le Génie lui
prît la main, il la baiſa, mais
avec une expreſſion ſi vive que
Néadarné touchée de tant d'a-
mour, lui ſerra à moitié la
ſienne. Ils étoient tous deux
renverſés dans le fonds de la
loge, elle étoit peu éclairée,
malheureuſement pour elle,
un rideau de Gâze les déro-
boit aux Spectateurs. Jonquille, hors de lui-même, s'approcha, le baiſer le plus enflammé

flammé pris par lui fur la
bouche de Néadarné, la retira
de fon trouble pour l'y replon-
ger mieux encore. Tant que ce
défordre dura, Jonquille pref-
foit amoureufement les lévres
de la Princeffe, & devînt enfin
fi entreprenant que Néadarné
revenant à elle-même, fe rejetta fur le bord de la Loge, &
ramena fa vertu de la plus dangereufe occafion, où elle fe fût
jamais trouvée. Qui le croiroit ? qu'on courût tant de rifque à l'Opéra ? Jonquille, au
defefpoir d'un retour fi peu
attendu, reparût auprès de la

II. P.   Z

Princesse , & tous deux si
égarés que sa Cour ne pût
s'empêcher d'en soûrire.

Néadarné qui remarqua ce
mouvement malin, rougît,
& fût déconcertée au point
que si l'Opéra ne fût venu à
finir, elle auroit assurément
quitté la place. Elle étoit si
honteuse de ce qui venoit de
se passer qu'elle ne répondît
rien à Jonquille , ni ne voulût le regarder , même dans
les jardins où il la mena,
pour lui donner le plaisir d'un
feu d'Artifice superbe qu'il lui
avoit fait préparer. O vertu !

quel eſt donc ton empire? Si le plaiſir t'offenſe, ſi toi ſeule dois remplir une ame, ou chaſſe-l'en tout à fait, ou ne donne pas des remords!

CHAPITRE XIV.

Combien il eſt dangereux pour les femmes d'être peureuſes.

JOnquille étoit pourtant bien mal-adroit, ou bien hardi, de propoſer à la Prin-ceſſe, après ce qui venoit d'ar-river à l'Opéra, d'entrer dans un Boſquet pour y voir le feu.

Pouvoit-il imaginer qu'elle le
voulût bien ? Cependant elle
y entra. Elle fût choquée, à
la vérité, de trouver ce Boſquet extrémement ſombre,
pendant que le reſte des jardins étoit illuminé de façon
qu'à peine l'on pouvoit croire
que le Soleil n'éclairât plus. A
propos de quoi, dit-elle au
Génie, l'endroit où vous me
conduiſez, eſt-il ſi obſcur ?
Nous en verrons le feu avec
plus d'avantage, répondit-il ;
je n'en ſçais rien, reprit elle.
N'en doutez pas, Princeſſe,
dit-il, c'eſt une expérience de

Physique. Elle n'infifta plus,
ne fçachant s'il difoit vrai,
ou non ; mais, elle réfolût de
le punir de fa témérité, en
cas qu'il voulût abufer de l'obfcurité du lieu où ils fe trouvoient tous deux. Je ferai bien
aife, fe difoit-elle, de lui faire voir combien il fe trompe,
s'il croit me trouver fenfible.
Il verra, que tout aimable
qu'il eft, ma vertu vaut bien
fes agrémens ; elle étoit encore à prendre cette réfolution,
lorfque Jonquille la pria de
s'afféoir fur un lit de Gâzon, &
de fleurs, qui étoit la feule com-

modité que l'on eut dans ce
Bosquet. Néadarné s'y plaça,
& le Génie, en soûpirant, se
mît auprès d'elle. Elle étoit
interdite ; & Jonquille, dans
une émotion qu'il n'avoit jamais sentie, ne sçût d'abord
que lui dire. L'amour est violent quand il inspire le respect, mais pour les plaisirs
d'un amant, & pour la commodité d'une femme, c'est
l'amour du monde le moins à
desirer. Jamais il ne devine,
ni ne saisit l'instant, toûjours
tendre, & embarrassant, il
fait des protestations de déli-

catesse, où peut-être il ne seroit pas puni pour en manquer. Avec toute la condes-
cendance possible, que peut
faire une femme à qui l'on
parle d'une passion desintéres-
sée ? Exhortera-t'elle à la perdre, ou à demander une récompense, quand, de soi-même, l'on s'en détache ? Jonquille n'ignoroit rien de tout
cela, & si Néadarné étoit en-
trée dans le Bosquet avec l'air
qu'il lui avoit vû à la fin de
l'Opéra, il n'auroit pas été si
timide. Mais elle avoit fait ses
réfléxions ; sa physionomie

étoit redevenuë auſtére, &
impoſante, & il craignoit
qu'en voulant la preſſer trop,
elle ne s'armât d'une ſévérité
dont elle auroit d'autant plus
de peine à ſe dépoüiller qu'elle auroit plus éclaté. Avec toute ſa retenuë, il avoit ſaiſi la
main de Néadarné, il ſoûpi-
roit, & la Princeſſe impatientée de ſe ſentir toûjours la main
ferrée, prit ſon texte là-deſſus
pour ouvrir la converſation.
Seigneur, lui dit-elle, ma
main vous embarraſſe, & je
ſuis gênée de vous la voir tenir. Ah Princeſſe ! s'écria-t'il,

m'enviez-vous cette satisfaction ? Elle n'est rien pour vous,
c'est tout pour moi : si vous ne
l'accordez pas à mon amour,
pouvez-vous la refuser à mon
respect ? Il est au-dessus de
toute expression. Je ne me reconnois plus, moi, que les
plus grandes beautez trouvoient insensible ! qui aurois
cru les honorer en daignant
les regarder ! soumis auprès de
vous, pénétré de l'amour le
plus violent, je n'ose pas même espérer la plus légére faveur. Ce n'est pas encore assez
pour vous de m'accabler de

votre indifférence, vous me haïssez. Plus je montre d'amour, plus j'excite de colere. Ah ! pourquoi avez vous cherché le malheureux Jonquille ? Rien ne troubloit son repos. Pourquoi a-t'il vû vos funestes charmes ? Mais, que dis-je ? Pourquoi me plaindre d'une passion qui, toute malheureuse qu'elle est, fait encore ma félicité ? Ah ! par pitié, tournez les yeux vers moi. Ce n'est point un ennemi qui vous parle, c'est l'amant le plus tendre, & le plus passionné, qui tout entier à vous, malgré vos

népris, voudroit pouvoir re-
rancher de ſes jours , ceux
ʠu'il a paſſés ſans vous adorer.
ʣſt-ce moi, crüelle ! que vous
ʤevriez haïr ? Ah je ne vous
ʠais pas ! S'écria Néadarné
ʣ'un ton attendri, mais puis-
je vous aimer ? Ce cœur que
vous me demandez, eſt-il à
moi ? Peut-il oublier celui à
qui il s'eſt donné ? Son image,
cette image ſi charmante ! en
peut-elle être effacée ? Si vous
m'aimez autant que vous le
dites, faites donc éclater votre généroſité , détruiſez un
fatal enchantement , n'en pré-

rendez point cette odieuse fou-
miffion à laquelle vous voulez
que je m'abaiffe: à ce prix je
reconnois que vous m'aimez.
Ce n'eft pas, je le fens bien,
un effort ordinaire que celui
que je vous propofe, mais, à
qui, pour une fi belle action,
puis-je mieux m'adreffer qu'à
vous ? Vous détournez vos
yeux, vous foûpirez ; ah ! mes
priéres ne peuvent rien fur
vous. Oüi Princeffe je foûpire,
répondit Jonquille, & cela
pourroit bien m'être permis
après ce que je viens d'entendre. Ce n'eft cependant pas

ion malheur qui m'arrache
es foûpirs, c'eſt l'impoſſibili-
é où je fuis de faire ce que vous
efirez. Mon pouvoir, fans
ornes en toute autre occa-
ion, a dans celle-ci des limi-
es qui me défefpérent. Ne
roïez pas que ce foit mon
mour intéreſſé qui me dicte
:e refus, je vous jure par vous-
même qui êtes ce que j'ai de
plus cher, & de plus facré,
que s'il dépendoit de moi de
vous rendre, fans aucune condition, ce que vous avez perdu,
quelque chofe qu'il m'en cou-
tât, vous feriez fatisfaite. Le

Génie prononça ces paroles d'un ton si pénétré, que Néardarné ne pût douter qu'il ne dît vrai. Pendant qu'il avoit parlé, il avoit approché la main de la Princesse, de sa bouche, elle se l'étoit senti moüillée de larmes, & ces témoignages de la sincérité, & de l'amour du Génie l'attendrissant, elle soûpira, & ses résolutions s'affoiblirent. Ah Jonquille! Jonquille: lui dit-elle, quand même je croirois ce que vous me dites, quand vos larmes me paroîtroient sincéres, qu'importeroit - il pour tous

deux? Pourquoi vous obſtiner
à toucher un cœur déja prévenu, & au point, que malgré l'attendriſſement que vous
lui inſpirez, la paſſion dont il
eſt rempli, n'en eſt pas un
moment diſtraite? Je crois
pourtant pouvoir vous avoüer
ſans crime que ſans cette premiere flamme, il auroit peut-
être été touché de votre ardeur. Cet aveu n'en entraîne-
ra point d'autre, & dans ce
ſéjour dangereux, ma vertu
n'aura à rougir de rien. Il y a
apparence que Néadarné en
diſant ceci, ne ſe ſouvenoit

point de ce qui s'étoit paſſé à l'Opéra , ou qu'elle croïoit que pourvû qu'on évite la der- niere occaſion , ce n'eſt rien que tout le reſte.

Eh bien , Madame , reprit le Génie , n'en parlons plus , quoique mon amour ne doive pas être récompenſé , je n'en veux pas moins vous prouver qu'il eſt ſincére. Peut - être qu'en ma faveur , le deſtin ré- voquera cet Arrêt qui vous pa- roît ſi funeſte , je n'ôſe m'en flatter. Mais j'y emploïerai tous mes ſoins. Je ne ſerai pas du moins le ſujet de vos pleurs.

Un

Un autre Génie que moi, qui n'égale en puissance, & qui partage mes fonctions, sera choisi, sans doute, pour remplir ma place auprès de vous. Vous vous sentirez peut-être, moins de répugnance pour lui, que pour moi. Ah Jonquille ! s'écria la Princesse, qu'avec un autre que vous, ma guérison seroit impossible ! Quand Jonquille n'auroit été que poli, auroit-il pû entendre de si douces paroles sans remercier la personne qui les lui auroit adressées ; aussi, Néadarné qui les lui avoit dites sans penser

II. P.   A a

que cela tireroit à conféquence, fût très-étonnée lorfque
Jonquille la preffant tendrement entre fes bras, plus vif
qu'il n'avoit été refpeclüeux,
voulût fe livrer à toute fon ardeur. Cette fituation étoit
d'autant plus embarraffante
pour la Princeffe qu'elle étoit
dans cet inftant extrémement
touchée, & de la tendreffe du
Génie, & des fentimens généreux qu'il lui avoit montrés.
Rien n'eft fi dangereux pour
les femmes qui font nées avec
un cœur fenfible, que cet état
d'attendriffement où Néadar-

né se trouvoit alors. Le malheureux qui, dans ce moment ôse les presser, arrache quelque fois autant de leur compassion que leur amant obtient de leur tendresse. Le triomphe n'en est pas si doux, mais il s'en faut peu qu'il ne soit le même. Qui sçait encore, si ce qu'alors, elles appellent pitié, n'est point amour ? Dans un état aussi violent, peuvent-elles connoître bien la nature du mouvement qui les agite ? Une coquette ne tomberoit pas dans cet inconvenient, son ame n'est pas capable d'une ſi tendre impreſſion, il n'appartient qu'à une femme eſtimable d'en être ſuſceptible. Néadarné, qui étoit une de ces femmes là, ne ſçavoit plus que dire à Jonquille; l'irréſolution dura quelque tems, mais la vertu revînt, & le Génie ſentît par la vive réſiſtance de Néadarné, qu'en vain il prétendroit ſe la rendre favorable. Qu'on eſt embarraſſé avec une femme vertueuſe ! c'eſt bien pis encore avec celles qui font ſemblant de l'être. Jonquille étoit véritablement dans une ſituation digne de pitié. Néadarné irritée contre lui, pour lui prouver plus de colere, s'amuſoit des fuſées qui commençoient à s'élever dans les airs, il n'oſoit plus s'approcher d'elle; Concombre attentive à tout ce qui ſe paſſoit, inviſible pour Néadarné, s'approcha du Génie, & après lui avoir reproché ſon impertinente timidité, profi- te, lui dit-elle, du ſecours que je vais te donner. Acheve ma vengeance, & tes plaiſirs. Prend garde à ce que je vais faire.

Prenant, à ces mots, la fi-

gure d'une groſſe Araignée,
elle ſe gliſſa ſous la robe de
la Princeſſe. Néadarné ne la
ſentît pas plûtôt qu'elle pouſſa
des cris horribles. Ah Seigneur! dit-elle à Jonquille,
je me meurs, une Araignée!
ah! ſecourez-moi, délivrez-
m'en, ajouta-t'elle à demi évanoüie. Jonquille qui ne dou-
roit pas qu'il n'y eut plus de
ſottiſe que de ſentiment à ne
pas profiter de la bonne volonté de Concombre, ſça-
chant le chemin que l'Araignée avoit pris, la chercha
où elle devoit être. Cette re-

cherche ne pût fe faire fans
offrir à fes regards des beautez
plus parfaites encore qu'il n'a-
voit pû les imaginer, des
beautez qui perdroient tout à
être décrites, le fûffent-elles
par l'amour même! Le plaifir
que cette vûë lui donnoit, le
plongea dans un égarement
dont il auroit eû tout à craindre, s'il eut été moins amoureux. Ce léger retardement
ne fût pas fenti par la Princeffe qui, encore évanoüie, lui
laiffoit tout le tems dont Concombre avoit befoin pour a-
chever l'infortune de Tanzaï.

Déja l'enchantement de Néadarné étoit à demi diffipé,
lorfqu'elle revint à elle. La
peur qu'elle avoit eûë de l'A-
raignée, n'étoit rien auprès
de celle qui la faisît, lorfqu'elle vît Jonquille entre fes
bras; il ne s'étoit pas préparé
à un retour fi prompt, & ce
fût fans peine qu'elle fe déroba
à fes emportemens. D'autant
plus malheureufe en cela,
qu'un inftant plus tard, elle
étoit defenchantée fans offen-
fér fa vertu, & qu'elle n'eut
pas un affez grand ufage du
monde pour faire durer fon
évanoüif-

évanoüiſſement, autant qu'il
auroit été néceſſaire. Ah traître ! dit-elle à Jonquille, ſont-
ce-là les effets de cette délicateſſe que tu m'avois tant van-
tée ? La confuſion du Génie
ne lui laiſſa pas la force, ni de
demander pardon à Néadar-
né, ni de la retenir lorſqu'elle
voulût ſortir du Boſquet. Il
ne fût pas plus prompt à ré-
ſoudre s'il devoit lui laiſſer le
tems de ſe calmer, ou s'il devoit la rejoindre, il prit enfin
le dernier parti. Le feu duroit
encore, & à la lüeur qu'il répandoit de tous côtés, il vît

II. P.   B b

Néadarné peu loin du Bof-
quet, appuïée contre une fta-
tüe, & dans l'attitude de quelqu'un qui rêve triftement. Il
fût plûtôt à fes genoux qu'elle ne l'eut apperçu, & les embraffant d'une façon tout à la
fois timide, & fuppliante;
voici le coupable, dit-il : Divine Princeffe, votre courroux
eft jufte, je mérite toute votre
indignation. Ah laiffez-moi,
perfide! s'écria-t'elle, laiffez-
moi, je ne dois plus, je ne
veux plus ni vous voir, ni
vous entendre! Oüi, répéta-
t'il, je fuis coupable, je pour-

ois vous dire , pour affoiblir
mon crime, qu'à ma place, per-
onne n'auroit pû s'empêcher
le l'être, mais je ne fens que
rop que ma juftification fe-
oit inutile, & qu'il eft tems
que je vous délivre d'un objet
dieux ; je pars, mais daignez
laindre quelque fois le fort
e l'amant le plus tendre, il
ous auroit moins offenfée ,
il vous avoit aimée moins
ivement. En achevant ces
aroles, Jonquille en effet dif-
arût. Néadarné enflammée
e colere ne voulût pas le re-
enir, & refta appuïée contre

la ftatuë ; elle croïoit que fa
haine ne pouvoit pas finir ;
mais voïant après une demie
heure que le Génie ne repa-
roiffoit pas ; l'inquiétude commença à l'agiter ; Elle fongea
au bût de fon voïage , & en
maudiffant la nature du remede, elle n'en reconnût pas
moins la néceffité. Prince
s'écria t'elle , cher époux ! objet unique de toute ma tendreffe ! tu me fais fans doute
à préfent l'injuftice de penfe-
que , plongée dans les plaifir-
les plus vifs , infidelle à to-
fouvenir , & à notre amour

fi dans les bras d'un autre , je
me rapelle ton idée , ce n'eſt
que pour le faire triompher
davantage. Tu formes peut-
être le projet de me haïr toûjours , pendant que toi-ſeul me
réduis dans l'état le plus affreux ! ah cher Prince ! reçois
mes ſoupirs , hélas ! je n'en ai
encore pouſſé que pour toi.
Mais , Jonquille , ajouta-t'elle
par un retour ſur elle-même ,
Jonquille ne paroît pas. Etran-
gere en ces lieux , qu'y deviendrai-je ? il eſt coupable ,
mais l'eſt-il tant , & dans l'état
où je me ſuis miſe avec lui ,

pouvoit-il se contenir ? C'est
ma peur que j'en dois accuser,
peur si vive ! que malgré ce
qu'elle vient de me causer, la
premiére Araignée m'en feroit peut-être encore faire autant. Ah Jonquille revenez !
Si vous m'aimiez encore, ne seroit-ce pas assez pour vous retrouver que je vous desirâsse ?
Revenez ! je vous pardonne.
A des paroles si pressantes, le
Génie reparût. Néadarné, en
le revoïant, poussa un cri de
surprise ; il lui demanda encore pardon de ce qui s'étoit
passé ; en personne noble, elle

lui accorda fa grace , & ils
reprîrent tous deux le chemin
du Palais , fans que Jonquille
ofât lever les yeux fur elle , ni
qu'elle daignât non plus le
regarder. Bien des gens dans
cette occafion ont donné plus
de tort à Néadarné qu'à Jonquille , ils trouvoient qu'elle
avoit autorifé l'infolence du
Génie , en le mettant à une
épreuve à laquelle il n'y a
perfonne qui n'eut fuccombé.
Cela pourroit cependant demander plus de réfléxion ; &
avant de condamner Néadarné fi décifivement , il faudroit

B b iiij

faire juger la chose par une
belle qui eut une horreur invincible pour les Araignées,
& qu'elle dît de bonne foi si,
en pareil cas, elle auroit pris
l'animal, ou si aïant son amant
auprès d'elle, au reste amant
maltraité, elle lui auroit ordonné de le prendre.

CHAPITRE XV.

Qui prépare à de grandes choses.

LA modestie de Néadarné,
& la timidité de Jon-
quille leur faisoient joüer un
bien pitoïable personnage,

d'autant plus fot encore, qu'il falloit que cela finît, & que les façons font ridicules, où elles ne fervent de rien. Car, que l'on permette une réfléxion toute fimple : ou elle vouloit être defenchantée; ou elle ne le vouloit pas? Si elle étoit contente de fa fituation, ou du moins qu'elle la fupportât patiemment, à propos de quoi chercher Jonquille, & puifqu'elle l'avoit cherché, pourquoi ne terminoit-elle pas avec lui? Mais la délicateffe, dira-t'on, vouloit qu'au moins elle combattît; & puis,

ce Jonquille qu'on lui propofe
pour une chofe de cette nature, eft une perfonne qu'elle
n'a jamais vû. Paffe encore fi
c'étoit quelqu'un que l'on connût un peu ; d'ailleurs , il veut
du fentiment, c'eft le cœur
qu'il attaque, & d'une affaire
paffagére, il en veut faire une
réglée: On ne peut pas s'en
fauver à moins , & quand
même on voudroit fe rendre,
doit-on fe rendre tout d'un
coup? On peut n'avancer rien
de trop quand on dira que
cette derniére idée n'étoit pas
celle qui occupoit le moins

Néadarné, & cela, par des
raisons qu'on trouveroit ici,
n'étoit qu'elles sont déja dans
un autre endroit de ce livre.
Jonquille, qui devinoit, à peu
près, les mouvemens qui agi-
roient la Princesse, ennuïé
d'une si longue résistance, &
ne doutant pas que, plus il lui
marqueroit d'empressemens,
plus elle s'armeroit de sévérité,
resolût de lui paroître moins
amoureux, & d'attendre que
la nécessité inspirât à Néadarné, une résolution conforme au
bien de ses affaires. Ce ne fût
pas sans peine qu'il gagna sur

lui-même de paroître indifférent. Les nouveaux charmes
qu'il avoit découverts à la Princeſſe dans l'avanture du Boſquet, avoient augmenté ſes dé-
ſirs, mais plus ils étoient ar-
dents, plus il crût que pour les
ſatisfaire, il devoit les diſſimu-
ler. Il connoiſſoit le cœur, &
il étoit ſûr qu'en bleſſant la
vanité de Néadarné, il l'en-
gageroit à aller plus loin qu'elle ne voudroit. Sur ce principe, en la remenant au Palais,
il affecta de jetter dans ſes excuſes un air de froideur qu'un
amant n'a pas quand il ſe juſ-

cise, & en jurant à Néadarné,
un respect éternel, il mît dans
ses protestations une sorte d'i-
ronie qui lui fit croire que le
Génie avoit apparamment
trouvé des raisons pour être
plus retenu. Cette reflexion
lui donna de l'aigreur, elle
répondit au Génie avec sécheresse, elle redoubla quand
elle vît qu'il ne s'en plaignoit
pas; & lui, sans témoigner
qu'il s'en apperçût, la quitta
après qu'il l'eut reconduite
dans son Appartement, &
sortît d'un air si détaché, que
pour le coup, elle s'abandon-

na à son indignation. Toute
la Cour de Jonquille, qui étoit
auprès d'elle, ne pût un moment la distraire. Quoiqu'elle
eut été outrée contre le Génie
de son manque de respect, elle n'avoit pas douté un instant
qu'il n'en fût devenu plus
amoureux ; elle se rappelloit
ses transports avant l'Araignée, & en les comparant
à l'insultante froideur dont
après il l'avoit accablée, les
choses les plus mortifiantes
lui passèrent dans l'esprit. Ciel!
se disoit-elle, être méprisée à
ce point. Voir tant de desirs

évanoüir , après une occa-
ion qui auroit dû leur don-
ier tant de vivacité! quelle
eut donc être la caufe d'une
ndifférence fi fubite ? Mais
que m'importe après tout le
légoût que je lui infpire? Ne
uis-je pas trop heureufe de
ie lui plaire plus ? Sans doute,
'eft l'unique moïen de ne
oint offenfer mon époux. Ah!
Mouftache ! Mouftache ! que
vous vous trompiez quand
vous croïiez que ce Génie fe-
oit fi dangereux pour moi ,
& que votre fecret me fera ici
de peu d'ufage. Elle rêvoit

encore profondément, lorsque
Jonquille rentra ; il avoit fait
de son côté, des réfléxions nouvelles, il avoit compris qu'il
ne falloit pas humilier long-
tems la Princesse, & qu'en lui
laissant croire davantage son
refroidissement, elle prendroit
de l'aversion pour lui. S'il n'é-
toit pas sûr d'être aimé, il
étoit certain du moins de n'ê-
tre haï. Il falloit cultiver ces
heureuses dispositions, & il
n'étoit pas encore assez bien
dans le cœur de Néadarné
pour pouvoir, sans risque pous-
ser loin ce manége. Il n'appartient

partient qu'aux amans favori-
fés d'avoir des façons méprif-
fantes ; & d'ailleurs , il commençoit à être fûr de fa conquête : il pouvoit du moins
entreprendre tant qu'il voudroit , il n'ignoroit pas qu'a-
près ce qui s'étoit paffé entre
eux-deux , Néadarné ne réfi-
fteroit pas tant, que les libertés
qu'il avoit prifes avec elle , lui
ouvriroient le chemin à de plus
grandes , & qu'une femme
enfin que l'on a mife une fois
dans une fituation hazardée ,
n'eft plus en droit de fe fâcher
qu'on l'y remette. Jonquille

II. P.   C c

abordà donc la Princeſſe avec
un air animé; elle ne s'attendoit pas à lui trouver tant de
paſſion, & malgré la vertu qui
l'obſédoit encore, elle ne fût
pas fâchée de s'être trompée
dans ſes conjectures. Je ne
vous fais point d'excuſes, lui
dit-il, de vous avoir quittée;
vous ne m'en faites point de
reproches. J'ai penſé, répondit-elle, que vous aviez vos
raiſons pour le faire. Ah que
vous me juſtifiez aiſément,
Madame! reprit-il. Eh quoi!
dit-elle, voudriez-vous que je
vous trouvâſſe coupable quand

vous ne l'êtes pas? Cela feroit injufte. Oüi je le voudrois,
reprit il, une injuftice de cette nature, me prouveroit de la
fenfibilité, & plus vous me
trouveriez criminel, plus vous
me rendriez content. Je ne
croïois pas, reprit-elle, avoir
befoin de vous chercher des
crimes, & fi pour vous fatisfaire, il ne faut que vous gron-
der, je n'ai befoin que de mémoire pour le faire long-tems.
A propos de cela, répondit
Jonquille, je fuis bien trompé
fi je ne me fuis excufé plus que
je ne devois, ce n'eft pas que

je n'aïe eû tort, mais c'est qu'il
étoit impossible de ne pas l'a-
voir, & qu'à mons sens, je ferois bien plus coupable envers
vous, fi je l'avois moins été.
Que j'aurois perdu, Madame,
à être respectüeux ! continua-
t'il, que de graces ! que de
charmes ! non, il n'est rien
qui vous égale ! Finissez vos
éloges, dit-elle en roûgissant,
laissez-moi oublier, oubliez
vous même ce que je ne puis
vous pardonner tant que nous
nous en souviendrons tous
deux. Mais, est-il bien vrai,
reprit Jonquille, que votre ri-

gueur subsiste encore ? Si je ne
puis me flatter d'un sort plus
doux, que vous me rendrez
malheureux ! & qu'il vaudroit
bien mieux pour moi, si je
dois toûjours être l'objet de votre haine, d'ignorer tous les
attraits dont vous me défen-
dez de parler ! Jamais, Madame, je n'en perdrai le souvenir, toûjours occupé d'un moment qui auroit été si doux
pour moi si vous l'aviez voulu, en me rapellant les plaisirs
dont il me combla, je me
plaindrai sans cesse de ceux
que votre cruauté m'a fait per-

dre. Eh bien , répondit-elle
en soûriant , ne vous éxagerez
point ce dont vous avez joüi ,
& ce qui vous a manqué ; vous
n'aurez plus rien à defirer. Je
ne m'éxagére rien , Princeffe,
répondit vivement Jonquille,
& mon imagination , fans
doute , eft bien loin encore du
bonheur que vous me pour-
riez faire , au nom des Dieux ,
confentez-y. Non affurément,
dit-elle. Eh bien , continua-
t'il , permettez-moi d'agir fans
votre confentement. Ce feroit
bien pis , reprit-elle , fi cela
arrivoit , vous ne me devriez

point de reconnoiffance, & du moins je voudrois... Mais de quoi vais-je m'inquiéter, il vaut mieux que vous ne me deviez rien, vous en ferez moins ingrat. Moi ingrat ! s'écria-t'il, ah Madame ! fi vous fçaviez combien vos bontez redoubleroient mon amour, vous ne balanceriez pas un moment à m'en accabler. Je vous ai déja dit que j'aimois un autre que vous, reprit-elle doucement, que voulez-vous que je vous donne? Que tout ce que le deftin veut que vous me donniez, reprit-il, me foit

donné par vous, & que je n'aïe
point la honte de le remercier
d'un bonheur dont je voudrois
n'avoir obligation qu'à vous
feule. Eh bien … Nous verrons, repartit-elle, embarraf-
fée de cette converfation, mais
ne me parlez plus de rien, je
ne veux, ni ne dois rien prévoir. Néadarné, en finiffant
ces paroles, alla prendre un
Luth qu'elle vît dans le fal-
lon, & refolûc de s'en occuper
croïant avoir beaucoup gagné
d'empêcher Jonquille de lui
parler davantage. Jonquille
de fon côté fe prépara à l'écouter,

ter ; content de l'avoir raſſurée
ſur ſes charmes ; & ſûr que ce
n'étoit pas peu d'avoir pû l'entretenir de l'affaire du Boſquet,
ſans qu'elle s'en fût fâchée.
Néadarné commença donc à
pincer le Luth ; mais ſi tendrement , & elle chanta en même tems avec tant de graces ,
que Jonquille, hors de lui-
même , eut toutes les peines
du monde à contenir ſon ardeur ; & que Cormoran en-
chanté de la Princeſſe, fût obligé d'avoüer que ſa Vielle, &
ſon Tympanon étoient bien
au-deſſous du Luth, quand cet

II. P. Dd

inſtrument étoit touché avec
tant de préciſion , de brillant,
& de délicateſſe. Le ſouper
vînt interrompre ces plaiſirs ,
& en fournir d'une autre eſ-
pece. Néadarné qui comman-
doit en Souveraine, voulût que
Cormoran ſe mît à table , le
Génie, pour plaire à ſa divinité , le voulût bien. Cormoran qui avoit beaucoup d'eſprit , quoiqu'il l'eut ſinguliér-
rement tourné , fût très amuſant. Néadarné qui commençoit à prendre du goût pour
cette eſpéce d'eſprit, & qui
cherchoit à s'étourdir ſur ſa

fituation préfente, lui répondit très-bien dans le même
genre, & Jonquille prenant le
même ton, ils pousférent fi
loin le rafinement des expref-
fions, & la fingularité des
idées, qu'à la moitié du repas,
aucun d'eux ne s'entendoit
plus. Malgré l'envie que la
Princeffe avoit de prolonger le
foûper, il finît; & après une
partie de Berland que Jonquille lui accorda par grace,
il la conduisît dans fon Appartement; & en l'affûrant
d'un prompt retour, il la laiffa
entre les mains de fes femmes

à qui il ordonna d'ufer de di-
ligence, & de mettre bientôt
Néadarné en état de répondre
à fa flamme.

CHAPITRE XVI.

Diftraction de la Princeffe.

NEadarné friffonna en en-
trant dans cette Cham-
bre fatale; il n'étoit plus queftion pour elle de s'éloigner le
péril, elle le voïoit prochain,
le Génie alloit rentrer : Elle
fentoit avec douleur qu'elle
ne le haïffoit pas, & fe crai-

gnoit d'autant plus, qu'elle é-
cartoit l'idée de Tanzaï quand
elle se présentoit avec trop
d'avantage. Quelque amour
qu'elle eut pour son époux,
elle ne pouvoit se dissimuler
les graces de Jonquille, & sa
supériorité en tous genres, sur
le Prince de Chéchian. Quelquefois, elle pensoit qu'elle
devoit s'abandonner à sa situation, puisque rien ne pouvoit
l'en sauver, mais la vertu re-
prenant le dessus lui faisoit re-
jetter cette idée; souvent aussi,
elle s'y abandonnoit avec plaisir. Quand cela m'arriveroit,

se disoit elle, qui en instruira mon époux? Le secret de Moustache ne me met-il pas à l'abri de ses soupçons? Mais, quand je pourrois lui cacher mon deshonneur, puis-je l'ignorer, & des remords éternels ne me puniront-ils pas de mon crime? De mon crime! ai-je cherché à le commettre? N'est ce pas un oracle qui m'envoie dans ces lieux? En proïe aux desirs du Génie, n'y puis-je pas être livrée sans partager ses transports; & quand même je les partagerois, seroit ce ma faute? Puis-je répondre des mouvemens de la nature, ſa ſenſibilité eſt-elle mon ouvrage? Si l'ame devoit être indépendante des ſentimens du corps, pourquoi n'a-t'on pas diſtingué leurs fonctions? Pourquoi les reſſorts de l'un ſont ils les reſſorts de l'autre? Ah ſans doute! Cette bizarrerie n'eſt pas de la nature, & nous ne devons qu'à des préjugés ces diſtinctions frivoles. Si elles étoient véritablement en nous, ſoumiſes à nos volontez, dépendantes d'elles, elles ne nous domineroient pas. Pourquoi cette lu-

miére qui nous fait appercevoir le bien, ou le mal, n'est-
elle pas assez puissante pour
nous guider ? Quel avantage
est-ce pour moi que ce discer-
nement qu'elle me procure, si
me laissant toûjours en liberté
de choisir, son impulsion ne
détermine pas? & si ce choix
est en ma puissance, pourquoi
m'oblige-t'on aux remords?
Non, les Dieux ne sont pas
assez injustes pour nous punir d'un mal qu'ils pouvoient
nous empêcher de commettre:
Puisqu'ils sont les auteurs de
la nature, ils connoissent sans

doute son pouvoir, c'étoit à eux
à mettre en nous ce raïon
divin, cette force intérieure
contre laquelle nos efforts auroient été vains. Nos devoirs a-
lors se seroient confondus avec
nos mouvemens ; cette tyran-
nie salutaire nous auroit rendu plus parfaites, plus dignes
d'être leur Ouvrage. Ont-ils
craint en nous éclairant que
nous ne fûssions trop près
d'eux, ou ont-ils voulu se ré-
server le plaisir barbare de
nous demander compte des
défauts dont ils ont accompa-
gné notre éxistence ? Mais que

dis-je? Malheureuſe! & d'où
me vient donc la répugnance
que j'ai pour Jonquille? S'ils
ne m'avoient pas ſoutenuë,
auroit-il encore à deſirer? L'a-
mour que je me ſens pour Tanzaï, tout fort qu'il eſt, ne me
jetteroit pas dans un ſi grand
deſordre. Ah! les Dieux nous
éclairent plus que nous ne
croïons; ſi nous étions atten-
tifs à cette voix ſecrette qui
nous parle, ſi nous ne la fai-
ſions pas taire, nos mouvemens ſe décideroient tout d'un
coup; & nous éprouverions
moins de combats dans notre

ame, si cette voix, étoit moins puissante. Mais, après tout que m'importe ce Génie, & quand je céderois à ses désirs, ne puis-je pas toûjours occupée de mon époux, ne m'entretenir que de sa tendresse? Eh! l'ame ne s'égare-t'elle pas? Et malgré ma vertu, n'ai-je pas été, dans ce Bosquet, près de succomber? Voïois-je Jonquille? Pensois-je à mon époux? Ne m'étois-je pas perdüe moi-même? Qui me répondra que je ne m'égare plus? Je me suis arrachée au péril, mais quels efforts ne m'en a-t'il pas couté?

Le trouble de mon cœur, cette volupté qui s'est emparée de mes sens, ces mouvemens confus ne me disent-ils pas tout ce que j'ai à craindre ? Et qui combats-je ici ? Le plus aimable des Génies1 ah ! tâchons d'en perdre l'idée, fermons les yeux sur son mérite; que seroit-ce pour moi qu'un plaisir qui me couteroit tant de larmes, & qu'est-il auprès de cette satisfaction si pûre qui ne nous abandonne jamais quand nous n'avons rien à nous reprocher ? Pendant que Néadarné faisoit ces Réfléxions,

u d'autres semblables , ses
emmes l'avoient deshabillée;
l ne lui restoit plus qu'une ro-
e legére qu'on alloit encore
ui ôter pour la mettre au lit,
orsqu'elle ordonna à ses fem-
nes de se retirer. On lui repré-
enta respectüeusement qu'il
alloit qu'elle se couchât, elle
répondit , en se jettant sur
un canapé , qu'elle ne vouloit
point se coucher , & témoigna
tant d'opiniâtreté sur cet article , qu'à la fin ses femmes se
retirérent. Elles étoient à peine sorties qu'elle courût fermer toutes les portes de sa

chambre : Elle fe crôioit bien
en fûreté contre Jonquille, &
reprenoit le chemin de fon canapé , lorfqu'elle apperçût auprès d'elle, celui contre qui elle
prenoit tant de précautions ;
elle en fût d'autant plus ef-
fraïée qu'elle fe voïoit dans un
état où il lui feroit difficile de
fe défendre contre lui, & qu'elle fe doutoit bien qu'en cas
qu'il emploïât la violence, perfonne ne viendroit la fecourir.
Eh quoi, Madame, lui dit il,
voïant qu'elle s'arrangeoit fur
fon canapé, toûjours des précautions contre moi ? Et vous,

lui répondit-elle , prétendez-
vous toûjours me perfécuter ?
Vous donnez , reprit-il , un
nom peu honnête à mes intentions , vous fçavez que je ne
veux que vous fervir , vous re-
connoiffez mal mon zéle. Ce
zéle , repliqua-t'elle , m'eft
fufpect , & vous m'avez mon-
tré trop d'amour pour que je
n'en détefte pas la fource. Je
n'ai donc plus rien à vous dire,
Madame , répondit il , je pourrois vous répeter que pour vos
intérêts même, vous devriez
me montrer moins de rigueur,
mais vous les confultez fi peu

que sans doute vous ne m'en croiriez pas. Joüiſſez donc du plaiſir que vous donne votre ſévérité, & des charmes de votre état. Que l'heureux Tanzaï, en vous retrouvant ſi fidelle, s'applaudîſſe de vous revoir, & qu'il imite votre éxemple, ſi jamais le bonheur de ſa deſtinée le raméne entre les bras de Concombre. (Ici la Princeſſe devint fort attentive, & fronça un peu le ſourcil.) Je ne vous parle plus de mon amour, continüa Jonquille, par une bizarrerie que je ne conçois pas, plus je vous en témoigne,

témoigne, plus vous me mon-
trez d'aversion. Auriez-vous
mieux aimé qu'usant du pri-
vilége de mon emploi, je vous
eusse traitée comme une femme ordinaire? Mais non, dit
plus doucement la Princesse.
Ce sont donc, reprit Jonquille, mes égards qui me perdent
auprès de vous, & j'aurois sur-
monté cette fierté si farouche
si je l'avois moins ménagée?
Je cherche à vous rendre votre situation moins pénible; je
crois qu'il est mieux pour vous,
puisqu'enfin vous devez céder,
que vous m'apportiez moins

II. P.   E e

de répugnance, & ce procédé
dont toute autre que vous auroit fans douté été touchée,
vous révolte. Ah Princeffe !
ajoûta t'il en s'affeïant fur le
canapé, je méritois de vous
moins d'injuftice, & plus de
complaifance. (En cet endroit,
Néadarné commença à réver.)
J'ofe dire, que fi vous aviez
pû être touchée de quelque
chofe, vous l'auriez été de
mon amour, & que vous ne
lui auriez point oppofé une fi
crüelle ingratitude; ce n'eft pas,
continüa-t'il, en pofant doucement fa main fur la jambe

de la Princesse, ce n'est pas que
je croïe avoir mérité de vous
aucune récompense, mais vous
vous lâsserez de l'état auquel
Concombre vous a réduite ; il
ne me sera plus permis de vous
revoir, & le Génie dont je vous
parlois tantôt, aura l'avantage de vous rendre ce service
que vous aurez refusé de moi.
(Alors, la Princesse le regarda assez long-tems, rebaissa
les yeux, soûpira assez triste-
ment, & Jonquille s'avança
sur le canapé, & lui prenant la
main, poursuivît ainsi son discours :) si vous me haïssiez

moins, vous ne vous verriez
pas fans horreur obligée de
recourir aux foins d'un autre,
qui, moins fenfible que moi,
vous fera peut-être regretter
d'avoir rejetté les miens. Je
ne me fouhaite pas même cette confolation, je ne pourrois
l'avoir qu'à vos dépens, &
j'aime mieux en être privé à
jamais. A ce difcours fi tendre, Néadarné ferra la main
de Jonquille qui tenoit la fienne, & le Génie avançant à
diverfes reprifes celle qu'il
avoit d'abord pôfée fur la jambe de la Princeffe, en fit ufa-

ge affez indifcretement pour
qu'elle s'en fût offenfée, fi elle
n'avoit été plongée en cet inftant dans la plus profonde rê-
verie. Ah Princeffe, dit il d'u-
ne voix entre-coupée, qu'il
me feroit doux de vous voir
répondre à ma flamme ! Mes
fentimens font dignes d'une
auffi grande félicité; mais cette bouche fi charmante, ajoûta-t'il en la baifant avec ardeur, & vos yeux font également müets. J'aurois tort de
preffer une réponfe, elle ne
me feroit pas auffi favorable
que votre filence. Il n'a tenu

qu'au Lecteur de remarquer
qu'à mesure que Jonquille parloit, il s'avançoit sur le siége de
Néadarné, si bien, & avec si
peu de ménagement, qu'il en
étoit enfin venu au point de le
partager avec elle, & qu'il
avoit profité de sa distraction
pour prendre les plus grandes
libertés. Elle sortît enfin de
son assoupissement à la derniére, mais le Génie avoit si
bien pris ses mesures que quelques fussent les efforts de Néadarné, ils ne lui servîrent à
rien. A peine se fût-elle apper-
çüe qu'il étoit inutile de com-

battre, qu'elle pria Jonquille
dans les termes les plus fup-
plians de ne pas pouffer plus
loin fes entreprifes; mais, le
Génie auffi diftrait en ce moment qu'elle l'avoit été elle-
même, ne répondît à fes priè-
res que par de plus grands efforts: Elle recommença fa réfiftance, mais elle éprouva pour
lors que la vertu la plus févere
peut combattre, mais n'eft pas
toûjours fûre de vaincre. Les
obftacles que le Génie oppo-
foit à fa fuite, & fes tranfports
excitérent enfin fa fureur. Barbare ! s'écria-t'elle , ah trai...

Les cris les plus douloureux
l'interrompîrent; & par la peine qu'elle eut à être défen-
chantée, il ne tînt qu'à elle de
juger de la force de l'enchantement. L'affront qu'elle es-
fûioit, & fa réfiftance l'avoient
accablée de douleur, & de fa-
tigue, & la firent tomber dans
une efpéce d'anéantiffement
qui lui ôtoit la force de faire
éprouver au Génie la violence
de fon courroux, & lui déroba, en même-tems, le def-
agrément d'être témoin de fes
tranfports. Jonquille! le vic-
torieux Jonquille! loin de la
fecourir,

fecourir, goûtoit à loifir, les charmes de fon triomphe.

Cette beauté fi fiére qu'il adoroit, étoit enfin devenüe la proïe de fes defirs, il attachoit fur elle fes regards enflammés, il l'accabloit des plus tendres careffes, & lui demandant pardon dans les termes les plus paffionnés, il alloit fans doute lui faire de nouvelles infultes, lorfqu'un profond foûpir lui annonça que Néadarné reprenoit fes fens. Il crût qu'il feroit plus décent que la Princeffe en ouvrant les yeux, le vît à fes ge-

noux, il s'y jetta en l'admi-
rant. Le defordre dans lequel
il l'avoit mife, la rendoit
encore plus charmante ; des
pleurs couloient de fes beaux
yeux à demi fermez, elle les
ouvrît enfin. La fituation où
elle fe retrouva, augmenta fes
larmes. & donna de nouvelles forces à fon indignation ;
elle fe releva avec fureur, &
courant aux portes pour fortir, fon défefpoir redoubla
quand elle connût qu'il ne dépendoit pas d'elle de fuïr ce
Génie qu'elle abhorroit. Ah
monftre! s'écria-t'elle, monftre

indigne du jour ! ofe-tu t'offrir
encore à mes regards ? Ofe-tu
me retenir ?.... Pour bien exprimer la colere de la Princeffe, & rapporter ici tout ce
qu'elle dît à Jonquille, il faudroit s'être trouvé dans la même fituation : On laiffe donc
aux Lecteurs femelles cet endroit à remplir. Néadarné, à
force de quereller le Génie,
s'épuifa ; il l'avoit prévu, &
dans une contenance hypo-
crite, il attendoit qu'elle finît.
Eh bien, Madame, lui dit-il,
quand il vît qu'elle ne parloit
plus, me voudrez-vous toû-

jours punir de mon zéle, &
vous opposerez-vous sans cesse
à ses effets ? Est-il dit que vous
ne voudrez jamais consentir à
ce désenchantement qui vous
est si nécessaire ! Ah traître !
s'écria-t'elle, plût aux Dieux
que je fûsse encore à le souhaiter ! si vous n'avez que cette raison pour me haïr reprit-il, vous
pouvez m'honorer d'un sentiment moins rigoureux : Quelque chose que vous aïez ima-
ginée, que vous aïez même
éprouvée, vous êtes telle que
vous étiez, & sans un consentement formel de votre part

vous ne pouvez sortir de votre
état. Je ne vous l'ai pas dit
d'abord parce que je ne voulois devoir qu'à vous seule, le
plaisir de vous voir volontai-
rement entre mes bras. Peut-
être , ne m'en croïez - vous
point, & qu'irritée contre moi
comme vous l'êtes , vous vous
reprochez même de m'en-
tendre; mais il vous est aisé de
vous convaincre par vous-même que ce que j'avance n'est
point faux. Je ne prétends au
reste vous assujettir à rien ,
maîtresse de rester , ou de partir, si je vous rends graces de

l'un, vous ne me verrez point me fâcher de l'autre. Pendant que le Génie parloit, Néadarné, on ne sçait comment, reconnût qu'en effet, son desenchantement n'étoit point réel; elle ne pouvoit en accuser le secret de Moustache, puisqu'elle n'avoit pas prononcé les trois paroles qui le composoient, & elle retomba dans une nouvelle perpléxité quand elle ne pût plus douter de la nécessité de permettre tout à Jonquille, ou d'être hors d'état pour toûjours d'accorder quelque chose au Prince. En-

fin, Madame, reprit le Génie,
la nuit fe paffe, & vous ne dé-
cidez rien. Elle alloit lui répondre, lorfqu'un Génie de la
Cour de Jonquille parût dans
la Chambre. Seigneur, lui
dit-il, daigne ta clémence me
pardonner, fi je viens troubler
ton repos, mais deux Dames
que la Princeffe feule égale en
beauté, viennent d'arriver en
ces lieux, elles implorent ton
fecours avec tant de vivacité,
& leurs maux éxigent des re-
médes fi prompts que j'ai cru
devoir t'avertir des plaifirs qui
t'attendent.

C'en eſt aſſez, Topâze, dit le Génie, ſortez; & vous, Princeſſe, dit-il à Néadarné, vôlerai-je à ces infortunées, ou fixez-vous mes pas auprès de vous? C'eſt à vous à vous décider, & à ſeconder le penchant qui m'attache à vos charmes. Topâze va peut être revenir, dit-elle. Cette crainte eſt-elle, demanda t'il, la ſeule qui vous occupe? Elle ſoûrit. Jonquille, content de cet aveu, l'enleva, la porta dans ce même lit où elle croïoit qu'elle n'entreroit jamais, & dans l'inſtant, la ver

tu, & le scrupule bannis tous
deux d'auprès d'elle, cédérent
en soûpirant, leur place aux
plaisirs.

CHAPITRE XVII.

*Qui apprendra aux Prudes, qu'il
est des occasions dangereuses.*

S'Il est flatteur de triompher d'une beauté sévere,
il faut avoüer aussi qu'il en
coûte bien pour en venir là.
Une chose qui doit surprendre, c'est que depuis que les
femmes sçavent qu'il faut cé-

der, elles n'aïent point encore jugé à propos de retrancher
les façons. Il y a à la vérité de
certains fats dans le monde
qui foutiennent qu'on ne leur
a jamais oppofé de refiftance,
mais il n'en eft pas moins vrai
qu'ils mentent. Souvent ils
fe vantent d'avoir obtenu des
faveurs, où on les a accablé de
mépris ; heureufement pour
les femmes, cela ne tire pas à
conféquence, & les honnêtes
gens n'en ont pas moins à foû-
pirer: quelque jour peut-être
elle penferont mieux, ou plus
mal ; je dis plus mal, car Jon-

quille auroit eû moins de plaifirs , fi Néadarné avoit été
moins farouche. Il étoit par-
venu , ainfi qu'à préfent tout
le monde le fçait , à la tenir
de fon aveu. Toute autre que
la Princeffe n'auroit pas révo-
qué fon confentement , mais
elle étoit doüée d'une vertu
qui ne finiffoit pas fur fes bien-
féances , & à qui les fottes dé-
licateffes de Jonquille en faifoit fans ceffe imaginer de nouvelles. Quoiqu'on en dife , ce
Génie étoit moins adroit qu'on
ne nous l'a peint , pâffe qu'il
demandât à Néadarné la per-

miſſion de la porter dans ſon
lit, une choſe de cette nature
vaut au moins une politeſſe,
encore eſt-il des occurrences
où il eſt plus poli, & plus ſûr
de ne rien dire. La vertu n'eſt
jamais plus cérémonieuſe que
quand on lui laiſſe le tems de
l'être, & il n'eſt pas décent
d'obliger une belle à refuſer
ce qu'elle laiſſeroit prendre, ſi
on s'aviſoit de cette voïe. Jonquille, quoique fort amoureux,
pria la Princeſſe de lui permettre d'approcher d'elle, &
la Princeſſe ſur le champ, ne
manqua pas de le prier de n'en

rien faire ; il fe revolta à ce
refus injufte, & s'avifant enfin de fes bévües, il approcha
malgré elle, & par ce coup
d'autorité, lui en impofa fi bien
qu'elle n'ofa plus rien dire. Il
fe hazarda alors à lui donner
de ces noms tendres en ufage
parmi les gens qui font parfaitement bien enfemble. Si elle
ne les lui rendît point, du
moins ne s'offenfa-t'elle pas
qu'il les lui eut donnés. De-là,
en homme qui connoît le prix
des gradâtions, il la prît dans
fes bras, l'y ferra voluptueu-
fement, & par des careffes fai-

tes à propos, lui donna insen-
siblement une idée assez vive
du plaisir, pour qu'elle ne pût
plus s'occuper d'autre chose.
L'amoureux Jonquille enfin
païé de sa délicatesse, reçut
autant qu'il donnoit, & vît sa
Princesse ennivrée de volupté,
se prêter de bonne grace aux
soins qu'il prenoit pour son
désenchantement. Il craignoit
encore un retour fâcheux, &
pour le prévenir, il crût ne
devoir pas laisser à la Princesse
le tems de la réfléxion, & s'é-
pargner les intervales. Cette
ruse fit son effet, & ne fin-

taisie de Néadarné en rendît
le succès entier : elle alla s'i-
maginer que Jonquille ressem-
bloit à Tanzaï, & en s'éton-
nant fort en elle-même que
cette ressemblance ne l'eut pas
frappée plûtôt, elle se livra à
son erreur, & par amour pour
le Prince, ne laissa rien à desirer à l'ardeur du Génie. Propos charmans, caresses tendres, soupirs enflammés, transf-
ports voluptüeux, abandon
de soi-même, rien ne lui manqua. Tout grand Enchanteur
qu'il étoit, il fallût après avoir
fasciné les yeux de la Princes-

fe, un tems confidérable, qu'il laiffât repofer le charme. Néadarné, fentît tout ce qu'elle perdoit au retour de fa raifon, il lui vînt des idées triftes ; fon defenchantement ne l'occupoit plus, elle voïoit alors que telle étoit la volonté des Dieux qu'il fût l'ouvrage de Jonquille, c'étoit une chofe faite, elle y étoit totalement réfignée. Elle ceffa de fe faire des reproches fur fon infidélité, & trouva d'auffi bonnes raifons pour l'autorifer, qu'elle en avoit euës pour s'en défendre. Après tout, avoit-elle ceffé

d'adorer

d'adorer le Prince, & n'étoit-
ce pas l'ouvrage de la paſſion
la plus forte, de lui avoir fait
reſſembler Jonquille ? Ce qui
l'inquiéta le plus, fût l'incer-
titude où elle étoit ſur le ſecret
de Mouſtache : Pouvoit-elle
jamais avoir une plus belle
occaſion de l'éprouver ? déterminée à ſçavoir abſolûment
ce qui en étoit, elle voulût
prononcer les paroles myſté-
rieuſes, elle les avoit oubliées,
& Jonquille avoit tellement
broüillé ſes idées, qu'elle crût
pendant long-tems qu'elle ne
s'en reſſouviendroit jamais. Il

II. P.   G g

n'y avoit pas d'apparence d'aller chercher le papier sur lequel elles étoient écrites : qu'en auroit pensé Jonquille? Il n'auroit pas manqué de voir ce que c'étoit, & si elle l'avoit perdu tout à fait, le moïen de reparoître auprès de Tanzaï? Pendant qu'elle étoit dans cet embarras, Jonquille prêt à recommencer le charme, vint de nouveau la presser, & l'interdire, elle se souvînt heureusement qu'on avoit mis ses poches sous le chevet. En se détournant avec adresse, elle prît son sécret, & s'en servît si à

propos que Jonquille crût la
Princeſſe plus enchantée que
jamais, s'en plaignît, & la remercia. Il ne manqua pas
d'attribuer à Concombre une
choſe ſi peu ordinaire, & plus
il la ſoupçonna de vouloir
rendre éternel le malheur de
la Princeſſe, plus il s'empreſſa
d'y remédier. Néadarné qui,
quoique le Génie eût dit de ſa
ſenſibilité, n'avoit pas comp-
té ſur un ſi grand zéle de ſa
part, ne ſçavoit comment y
répondre. S'en plaindre, c'é-
toit témoigner une trop grande ingratitude ; le laiſſer écla-

ter davantage n'étoit-ce pas
manquer trop à Tanzaï. Il
étoit fingulier qu'elle fît cette
derniére réfléxion, mais les
femmes font délicates, & Néadarné qui croïoit avoir fait affez pour le Prince, fe repro-
choit ce qu'elle donnoit de
plus; elle alloit prier le Génie
de mettre des bornes à fa gé-
nérofité, lorfqu'une feconde
réfléxion (on ne finit pas d'en
faire quand une fois on a commencé) la détermina autrement. Elle ne pouvoit plus
douter que le fecret de Mouftache ne fût bon, mais cette

Fée lui avoit dit qu'il pouvoit
se répéter autant de fois qu'on
le vouloit, & si cela n'étoit
pas, & qu'elle s'en fût servie
trop précipitamment, qu'elle
ne feroit pas la fureur de Tanzaï? Il fallût donc, pour ne
plus douter de la bonne foi de
Mouftache, entendre ce que
Jonquille en diroit. Pour le
coup, elle eut lieu d'être contente. Le Génie parla avan-
tageufement du nouvel em-
barras où il étoit, que de peur
qu'il n'en foupçonnât la caufe, elle le félicita de ce mira-
cle, & le rejetta entiérement

sur lui. Quelque flatteur que fût ce propos, il s'en défendît avec toute la modeſtie poſſible, & s'obſtina à n'en donner l'honneur qu'à elle ſeule. Un combat auſſi poli ne pouvoit pas finir promptement, & quelque civile que fût la Princeſſe, Jonquille s'opiniâtra avec tant de fureur, qu'elle fût obligée de prendre tout ſur elle. La nuit cependant s'avançoit, & la Princeſſe qui avoit ſufiſamment eſſaïé ſon ſecret, & qui n'avoit plus rien à deſirer pour elle-même, ſe crût obligée de penſer à Cormoran;

elle ne ſçavoit comment s'y
prendre pour le délivrer. Jonquille ne lui paroiſſoit pas
d'humeur à s'aſſoûpir ſi-tôt,
& il lui paroiſſoit impoſſible
de ſe ſervir de la Pantoufle
tant qu'il ſeroit éveillé.

Seigneur, lui dit-elle, dans
quatre heures je pars, je voudrois bien pouvoir donner au
ſommeil le reſte de la nuit,
j'oſe attendre de votre complaiſance... Plûtôt vous par-
tirez, répondit-il, moins vous
devez l'attendre de moi cette
complaiſance que vous me demandez; je ne mériterois pas le

bonheur de vous posséder, si je le négligeois à ce point ; je veux vous prouver que j'en suis digne. Si vous me promettiez pourtant que je pourrai vous revoir.... Moi, interrompit-elle promptement, ah Seigneur, vous! ne l'espérez point, & je ne conçois pas comment vous ôfez me faire une semblable proposition. J'ai cru, répondit-il, que sans manquer au respect, je pouvois vous la faire, & que nous avions été assez bien ensemble ici, pour que vous me regardâffiez au moins comme connoissance. Et c'est

préci-

précisément, Seigneur, par
cette raison même que, de toutes les personnes de la terre,
vous êtes celle que je dois éviter le plus : l'amour que je res-
sens pour Tanzaï, & mon devoir, ne me permettent pas même de penser à vous. Jusques
ici, je ne suis point criminelle ; les Dieux en m'ordonnant
de venir vous chercher, ont
pris ma faute sur eux, mais
je mériterois leur colére, & le
mépris de mon époux, si je me
rappellois jamais vôtre idée
pour la chérir. Quand je vous
ai demandé cette permission,

II. P.   H h

Princeſſe , reprit-il, c'eſt parce
que juſques au bout , j'ai voulu vous devoir tous mes plaiſirs. Si vous connoiſſiez bien
ma puiſſance , vous ne doute-
riez pas que malgré tous vos refus, je ne pûſſe vous voir quand
je le voudrois , & obtenir même de votre tendreſſe , toutes
les faveurs que vous réſervez
à Tanzaï. Maître de prendre
ſa figure , c'eſt ſous ſes traits
que vous me verrez , & vous
ne ſçaurez jamais ſi c'eſt à lui,
ou à moi que vous livrerez votre cœur. Ah grands Dieux !
quel ſupplice ! s'écria la Prin-

cesse. Elle se feroit sans doute
affligée beaucoup, si le Génie
la voïant dans de si tristes dispositions, ne se fût crû dans l'o-
bligation de les dissiper. Néadarné lassée de ses transports
auroit bien voulu les éviter,
mais comme elle avoit été la
victime de son amour pour
Tanzaï, il fallût encore qu'elle le fût de ses égards pour
Moustache. Il étoit nécessaire
de provoquer le Génie au sommeil, & sans cela, elle ne pouvoit délivrer Cormoran. Ce
fût par la même raison qu'elle
se servît encore de son secret ;

une victoire aifée auroit moins
couté à Jonquille , & il falloit
amener la Pantoufle ; le tems
de l'emploïer arriva enfin. Le
Génie , malgré lui , & en di-
fant à Néadarné , les chofes du
monde les plus tendres, fentît
fes yeux fe fermer , elle, lui faifant dans l'inftant fentir la
Pantoufle , le plongea dans le
fommeil le plus profond ; &
fortant brufquement du lit ,
s'habilla avec la derniere
promptitude. Elle y mettoit
tant d'application qu'elle ne
s'apperçût pas d'abord que les
habirs dont elle fe couvroit

n'étoient pas ceux qu'elle avoit apportés dans l'Isle. L'amoureux Génie qui avoit voulu que Néadarné emportât avec elle des marques de sa magnificence, n'avoit rien oublié pour rendre superbes, & dignes de la beauté qu'il en paroît, ceux dont Néadarné se couvrît malgré elle. Sa répugnance à cet égard pouvoit avoir plus d'une cause, elle ne pouvoit plus avec ces habits dire au Prince qu'elle avoit rêvé, & n'imaginoit rien pour le tromper là-dessus. Malgré l'inquiétude dans laquelle ces

nouveaux vêtemens la plon-
geoient, elle ne pût refuser à
Jonquille, l'eftime que meri-
toient fes procédez. Elle s'approcha du lit où il dormoit fi
profondément. Elle le confi-
déra long-tems, fa beauté l'é-
mût. Adieu, lui dit-elle en
foupirant, adieu aimable Génie, puiffent tes jours éternels
couler dans les plaifirs! puiffe-
tu perdre à jamais le fouvenir
de la trifte Néadarné! puiffe-
t'elle elle-même t'oublier! elle
fe feroit crüe trop heureufe de
pouvoir répondre à ton ardeur, & tu ne l'aurois pas pré-

venüe, si son cœur & sa main avoient été à elle. Adieu, elle ne peut rien pour ta félicité, daigne ne jamais troubler son repos ! En achevant ces parolles, elle le baisa doucement au front, & s'arracha d'auprès de lui avec une peine dont elle sentît murmurer sa vertu.

CHAPITRE XVIII.

Où le Lecteur lira des choses qu'il prévoit depuis long-tems.

LA Princeſſe, armée de la Pantoufle, traverſa, ſans être vûë, tous les Appartemens du Palais. Le Soleil étoit déja levé, elle craignît, comme elle n'avoit pas pû avertir Cormoran de ſon deſſein, qu'elle ne mît beaucoup de tems à le chercher, & que le Génie en s'éveillant, ne dérangeât toutes ſes meſures: Heureuſement

elle n'alla pas loin. Cormoran
que ſes malheurs rendoient
inquiet, loin de s'abandonner
au ſommeil, rêvoit triſtement
ſur la terraſſe: Elle ſe decou-
vrît à lui. Ne perdons point de
tems, Seigneur, lui dit-elle,
ſortez de votre eſclavage, &
venez dans les bras d'une Fée
qui vous adore, vous dédom-
mager de vos peines. Ah Princeſſe! s'écria Cormoran, ſe-
roit-il poſſible que Mouſtache
penſât encore à moi? N'en
doutez pas, Prince, répondit-
elle: Oüi, ſon cœur prévenu
pour vous de la paſſion la plus

vive, souffre autant éloigné
de vous, que vous souffrez absent d'elle. Est-elle toûjours
Taupe? Demanda-t'il: Que
j'ai craint que le Barbare Jonquille ne l'eut en sa puissance!
Echappés tous deux à son
courroux, repliqua-t'elle, venez joüir d'un sort plus heureux, & lui rendre cette figure
charmante qui vous inspiroit
tant d'ardeur. Mais, avez-vous
encore la Pantoufle de la Fée?
Oüi, reprit Cormoran, mais
il ne m'a pas été possible, depuis dix ans que je la posséde,
de la regarder une seule fois;

occupé fans relâche à faire la
culebute , ou à travailler aux
plaifirs du Génie, ou je n'ai
pas eû le tems de la baifer , ou
je n'ai pas ôfé, de peur que le
Génie me fçachant poffeffeur
de ce thréfor, ne me le ravît
encore. En connoiffez-vous la
vertu? Demanda Néadarné.
Non reprit-il, & quelle eft-
elle? De vous rendre invifible. Ah que ne l'ai-je fçu plûtôt! s'écria-t'il , que cette con-
noiffance m'auroit épargné de
tourmens! Peut-être auffi, dit-
elle , que plûtôt , elle ne vous
auroit fervi à rien. L'intention

des Dieux étoit sans doute que vous fûssiez malheureux dix ans, & avant le tems marqué par leur clémence, vous n'auriez fait que de vains efforts pour votre liberté : Mais, finissons ces discours, craignez encore la colére du Génie, vous êtes perdu s'il s'éveille; prenez, votre Pantoufle, & suivez moi. Ce n'est donc pas lui qui finit mes peines ? Demanda-t'il : Non, reprit la Princesse, en vain je l'ai conjuré de m'accorder votre grace. Du moins, dit-il, êtes-vous guérie ? Paix, répondit elle,

que dans l'endroit où je vais
vous conduire, aucune indif-
cretion ne vous échappe, &
s'il en eft befoin, foûtenez que
je n'ai vû le Génie qu'une minute, & encore devant vous ;
autrement, vous me perdriez ;
vous fçaurez un jour les raifons qui doivent vous forcer
au filence fur cet article, ou
à appuïer mes difcours. Ne
craignez rien, Princeffe, dit-
il, je vous jure une fidélité in-
violable. Alors, il tira la Pantoufle de fa poche, & fuivant
la Princeffe, ils pafférent devant les Gardes de Jonquille

fans qu'aucun d'eux les apperçût ; ils parvînrent au Port fans
rencontrer plus d'obftacles que
dans le Palais, prîrent une des
Barques de Jonquille, & quit-
térent l'Ifle, non fans que Néadarné ne regardât fouvent, &
avec un peu de trifteffe, l'endroit du Palais où elle avoit
laiffé le Génie. Qu'on ne l'en
blâme pas, fa vertu avoit affez
éclaté pour qu'elle fe permît
cette légere fatisfaction, &
c'étoit bien le moins qu'elle
pût faire pour lui que de le
quitter avec quelque regret.
Ce n'étoit pas qu'elle l'aimât,

mais elle n'avoit rien à lui imputer de ce qui s'étoit paſſé
entre eux , & ne pouvoit rai-
ſonnablement le regarder que
comme ſon libérateur. Toutes ces idées s'effacérent de ſon
eſprit en mettant pied à terre.
Elle retrouva ſes gens à l'endroit où elle leur avoit ordonné de l'attendre , elle fit mon-
ter Cormoran avec elle dans
ſon Palanquin , & reprit le
chemin de la Ville Bleüe , en
s'occupant ſeulement du plaiſir de revoir Tanzaï. Elle n'étoit
plus inquiéte ſur le ſecret de
Mouſtache ; l'épreuve qu'elle

en avoit faite avec Jonquille,
ne lui laiſſoit pas lieu de douter que le Prince n'y fût trompé.

Avant même de ſortir du
Palais du Génie, elle avoit prononcé trois ou quatre fois les
ſecourables paroles; mais quelque confiance qu'elle y eut,
elle ne pût revoir la Ville Bleüe
ſans émotion. La néceſſité où
elle étoit de mentir à Tanzaï;
la crainte que, malgré ſes diſcours, il ne découvrît la vérité
de l'avanture, ou que Jonquille ne fût indiſcret; la honte
dont en elle-même, elle ſe ſen-
toit

toit couverte, excitoient dans
fon cœur les mouvemens les
plus crüels, & y balançoient
le plaifir d'être réünie à fon
époux : Ce n'étoit pas fans raifon qu'elle craignoit fa préfence Tanzaï, malgré l'efprit
de Mouftache, & les confola-
tions qu'elle lui avoit apportées, avoit penfé mourir de
chagrin. Quoi! difoit-il à la
Fée, j'ai pû confentir qu'elle allât trouver Jonquille; il
manquoit à mes maux de faire
moi-même mon deshonneur,
& de ne pouvoir pas l'ignorer.
Que me dira cette infidelle à

II. P.   I i

son retour? Hélas! en cet inſtant peut-être elle oublie dans
les bras du Génie, mon amour,
& mon déſeſpoir. Pour vous
oublier, dit Mouſtache, je ſuis
bien ſûre que non, & que je
répondrois bien que ſi, par une
fatalité que je ne conçois pas,
elle a cédé à Jonquille, ſa vertu n'en aura pas été offenſée.
Oh ſans doute! reprenoit-il,
on ſe ſouvient beaucoup de ſa
vertu, & il dépend d'une femme de l'avoir préſente à ſes
idées dans ce moment-là. En
ce cas, repartoit Mouſtache,
quels reproches pourriez-vous

donc faire à la Princeſſe : Et
ſi par hazard elle revient de
l'Iſle, telle qu'elle eſt partie,
laide, & inutile, de quel œil
la reverrez-vous? Je n'en ſçais
rien, dit Tanzaï, vous prenez
bien votre tems pour me faire
de ces argumens-là ; vous rai-
ſonnez les paſſions avec une
éxactitude impatientante, &
pourvû que vous faſſiez un
beau, & long diſcours, le reſte
ne vous eſt de rien. Je hais
auſſi de vous voir injuſte, reprit Mouſtache, & je voudrois
que vous fûſſiez moins bizar-
re. Encore un coup, comptez

un peu plus fur ma puiſſance,
& que les ſoins de Barbacela
pour vous, vous raſſurent. S'il
faut pour me calmer, reprit-
il, compter ſur votre protection, ou ſur la ſienne, je puis
garder mes inquiétudes, & à
juger de ſes ſoins pour moi,
par une occaſion où je me ſuis
trouvé, je ne dois pas eſpérer
qu'elle ſoit utile à la Princeſſe.
Vous même, ſi votre pouvoir
eſt ſi grand, que n'avez-vous
empêché ſon départ ? Vous
ſçavez, dit la Taupe, qu'on
ne peut s'oppoſer aux ordres
ſuprêmes du deſtin. Fort bien,

reprit-il, & fi les ordres fuprê-
mes du deftin font que Néadarné ne puiffe me revenir telle que je la fouhaite, que par
l'entremife de Jonquille, puifqu'on ne peut s'y oppofer, de
quel biais uferez - vous pour
empêcher qu'ils ne s'éxécu-
tent ? Vous qui aimez tant les
raifonnemens, en voilà un,
répondez-y. La chofe n'eft
pas difficile, répondît- elle :
Filles du Deftin comme nous
le fommes, ce qui feroit impoffible aux mortels, nous devient aifé; s'il ne peut révo-
quer fes arrêts, en notre fa-

veur, il les adoucit du moins, & nous laiffant fous lui la conduite de l'Univers, nous permet de favorifer les objets fur qui nous voulons éxercer notre clémence. Vous ne doutez pas, je crois, de mon amitié, & vous devez-vous fouvenir qu'avant que Néadarné partît, je vous ai dit qu'en cas que Jonquille n'en agît pas généreufement, il ne trouveroit qu'une ombre qu'il prendroit pour elle. Mais puifque vous pouvez faire cela pour moi, pourquoi, dit-il encore, ne l'avezvous pas fait pour vous? Qui

vous empêchoit de fubftitüer
une ombre à votre Cormoran ;
& de terminer par là fa pénitence ? Jonquille s'en feroit
apperçu, reprit-elle, Cormoran devoit refter fi long-tems
en fon pouvoir, & il l'a em-
ploïé à tant d'ufages pendant
fa captivité, qu'il ne m'auroit
pas été poffible de le tromper
là-deffus. Vous verrez, reprit
Tanzaï, que l'ufage qu'il doit
faire de la Princeffe, le rend
plus aifé à être trompé. En
vérité! le Deftin votre Pere
ordonne d'étranges fottifes,
& vous les reparez par de fin-

guliers moïens. Oh ! répondit
Mouſtache, vous ne méritez
pas d'être raſſuré ; ni que Néadarné vous aime avec tant de
délicateſſe ; quand elle ne pourroit éviter Jonquille, il vous
ſiéroit mal de le lui reprocher ;
& quand il fût queſtion pour
vous de paſſer une nuit avec
Concombre, vous fîtes moins
de difficulté que Néadarné
n'en feroit en pareil cas. Vous
crûtes ridiculement que le plus
bel objet de la terre vous ten-
doit les bras, vous vous livrâ-
tes en inſenſé à tout ce que
vous dît la Choüette : Et ſi la
Princeſſe

Princesse sçavoit à quel point
vous lui fûtes infidele , je ne
réponds pas que , malgré sa
vertu , elle ne sentît quelque
douceur à vous en punir. Au
nom de Cormoran ! Mousta-
che , dît Tanzaï confus , ne
lui parlez jamais de cette dé-
testable Isle des Cousins ; elle
ne fût que trop bien vangée ,
& si , comme je n'en doute
point , vous sçavez le reste de
l'Histoire , vous devez me rendre justice , & vous n'ignorez
pas que le desir de la revoir ,
m'en fît plus faire que celui de
mon rétablissement. Je vous

II. P.   K k

garderai volontiers le secret, dit la Fée, mais soïez plus tranquille, & ne m'outragez pas au point de douter toûjours de mon pouvoir, il va plus loin que vous ne pensez. Le Prince lui promît tout ce qu'elle voulût, mais son inquiétude étoit si forte qu'il ne pût un moment la suspendre, & que la Fée impatientée de ses plaintes fût obligée de le faire dormir trois, ou quatre fois dans la journée, encore n'auroit-il fait que de mauvais songes, si Moustache, pour l'intérêt de la Princesse, ne lui en eût procuré d'agréables.

CHAPITRE XIX.

Plus nécessaire, qu'agréable.

TAnzaï sortoit à peine d'une de ces gracieuses illusions, que la Fée lui présentoit, lorsqu'il vît arriver la Princesse; il venoit, en rêvant, de la voir, insensible aux feux de Jonquille, refuser sa guérison, & le Génie touché de tant de vertu, la lui procurer sans en prétendre aucune reconnoissance. Ce songe l'avoit

difposé à bien recevoir Néadarné : Il courût au-devant
d'elle , mais quand il la vît
couverte des préfens de Jonquille, & menée par Cormoran, il imagina que la déli-
vrance de ce Prince lui avoit
couté plus d'une complaifance, & que fi elle avoit été fi
vertüeufe, Jonquille l'auroit
eftimée , mais ne lui auroit pas
tant accordé. Toute fa jaloufie fe reveilla, il la regarda
fombrement, & répondit avec
hauteur aux civilitez de l'a-
mant de Mouftache. A peine
cette Fée eut-elle entrevû Cor-

moran , que sa Métamorphose cessa , & que sous les habits les plus galants, Tanzaï,& la Princesse vîrent une femme grande, un peu séche, l'air coquet, Minaudier , & précieux , qui se précipita dans les bras de Cormoran : Elle avoit réellement du côté gauche, une Moustache à la Chinoise qui fût la premiére chose que baisa Cormoran,& qui, selon Tanzaï, faisoit sur le visage de la Fée, un effet assez ridicule. Comme il étoit de mauvaise humeur, il éxamina Cormoran pour le critiquer.

Après le portrait charmant

K k iij

qu'en avoit fait Mouſtache, il
s'attendoit à voir une perſonne miraculeuſe, & ne fût pas
fâché quand il vît dans ce Prince ſi vanté, une petite figure
haute de quatre pieds, grêle,
& contrainte, & qui ne lui
parût avoir pour tout agrément qu'un air fade, & dou-
cereux qui annonçoit le caractére de ſon eſprit, & la poſ-
ſeſſion où il étoit de plaire aux
femmes de l'eſpéce de la Fée.
Dans un autre tems, Tanzaï
s'en ſeroit plus diverti, mais
la colére où il étoit contre
Néadarné, ne lui permît pas

d'y faire une plus longue attention. Cette Princesse s'étoit
approchée de lui en trem-
blant, & pendant que les deux
amans réünis se disoient tout
ce qu'un amour long-tems
malheureux, & enfin satisfait,
peut inspirer de tendre, Tanzaï, l'œil farouche, & dans
un morne silence, se refusa à
ses embrassemens. Que vous
êtes crüel ! lui dit-elle. Cher
Prince, que vous répondez
mal à ma tendresse ! je n'ai
point mérité tant de mépris.
Allez, Madame, lui dit-il
avec fierté, allez retrouver

Jonquille, & oubliez-moi à jamais. Je ne l'ai pas cherché, répondit-elle, vous seul m'avez contrainte à ce funeste voïage, & je ne vois pas pourquoi..... En vérité! Prince, dit Mouſtache qui, à leur querelle, s'étoit rapprochée d'eux, vous êtes bien injuſte de toutes façons, & ſi vous ſçaviez combien vous aurez à rougir de votre jalouſie, vous ne la témoigneriez pas ſi hautement. Ecoutez-moi, continüa-t'elle en le tirant à part, vous devez vous ſouvenir de ce que je vous ai promis au ſujet de Concom-

bre , je vous manque de parole dans l'inſtant que vous m'en
manquerez. Je ferai plus, je
vous prouverai l'innocence de
la Princeſſe ; mais pour vous
punir de vos injuſtes ſoupçons,
je vous en prive à jamais. Ce
qui s'eſt paſſé dans cette Iſle ,
vous inquiéte, il ſeroit aiſé de
vous convaincre par le témoi-
gnage de Cormoran qui n'a
pas quitté un inſtant Néadarné, que plus délicate que vous,
ce Génie malgré ſa beauté , &
ſa puiſſance, en a été rebuté :
Mais voulez-vous des preuves
plus fortes , & dont l'évidence

confonde votre incrédulité ?
Vous sçaviez ce qu'étoit Néadarné, ne vous en rapportez
qu'à vous-même sur ce qu'elle
est aujourd'hui. Perdez dans
les plus tendres embraffemens
cette fombre jaloufie que la
Princeffe ne vous pardonne-
roit peut-être pas fi elle duroit
plus long-tems, & fouvenez-
vous, quand même vous ne la
trouveriez pas telle qu'il la faut
pour calmer vos foupçons,
que de tous les hommes du
monde vous êtes celui, à qui,
de toutes façons, la plainte,
& le reproche feroient le

moins permis. Allez expier à
ses pieds le crime de l'avoir si
injustement outragée, & sans
perdre du tems à l'interroger,
disposez la doucement à vous
donner des preuves complet-
tes & de sa vertu, & de sa tendresse pour vous. Tanzaï ne
sçachant que répondre à la
Fée, revînt à Néadarné d'un
air aussi soumis qu'il l'avoit
eû fier, & Moustache étant
sortie avec Cormoran avec qui
elle avoit aussi à s'éclaircir de
bien des choses : Si j'en crois
Moustache, & l'estime que
j'ai pour vous, lui dit-il, vous

ne m'avez point trahie, mais pardonnez à ma délicatesse, si j'ai pû douter de votre vertu : Pour ne pas craindre, il auroit fallu que je ne vous eusse point aimée, & je me suis trouvé dans des circonstances si crüelles pour mon amour, si dangereuses pour vous, qu'il ne m'a pas été possible d'être sans inquiétude. Ce fatal Oracle qui ordonnoit que vous allâssiez trouver Jonquille ; l'emploi de ce Génie, votre beauté, que de raisons pour trembler ! & qu'il me seroit doux que votre tendresse pour moi

vous eût fait furmonter tant
d'obftacles ! Ah Seigneur ! répondit Néadarné en pleurant,
je n'ai pas ceffé un moment de
vous aimer. Toûjours préfent
à mon idée, Jonquille, malgré fes foins, n'a pû toucher
un cœur que vous poffedez
tout entier. Ce Génie fans
doute étoit preffant, reprit
Tanzaï, il fembloit que vous
lui fûffiez deftinée, il vous
aura trouvée belle, il étoit
maître ! ne vous fouvient - il
plus, Seigneur, répondit Néadarné du changemeut affreux
qui s'eft fait dans ma perfonne

la nuit qui a précedé mon
départ, & croïez-vous, qu'en
cet état, je dûsse lui inspirer
des desirs? Mais, reprit-il, c'é-
toit à lui à faire disparoître
cette laideur, que seul il avoit
causée, & j'ai peine à croire
qu'il ait eû plus d'égards pour
vous que pour celles des femmes de cette Ville, qui étoient
dans le même cas que vous.
Il ne m'a pourtant pas confon-
düe avec elles, répondit la Princesse, & sans sçavoir à qui je
dois le retour de ma beauté
(puisque vous trouvez que
j'en ai) j'ai bientôt paru à ses

yeux telle que je parois aux
vôtres. A cet égard, reprit le
curieux Tanzaï, vous n'avez
pas eû besoin d'implorer son
secours, mais en quel état re-
venez-vous? Portez-vous encore des marques de la vengeance de Concombre, & le
Génie vous a-t-il été pour cet
article, aussi inutile que pour
l'autre? Seigneur, dit-elle en
baissant les yeux, comme ce
n'est pas moi qui me suis ap-
perçüe de ma première Mé-
tamorphose, ce n'est pas encore à moi à décider s'il ne
nous reste plus rien à desirer à

l'un, & à l'autre. Vous fçavez
du moins, continua Tanzaï,
fi Jonquille a été fenfible à
vos peines, & vous m'oblige-
rez de me dire quelle a été auprès de vous fa fainte volonté,
pour m'exprimer felon les paroles de l'Oracle. Jonquille,
reprit-elle, a commencé par
loüer avec éxagération le peu
d'agrémens que je puis poffé-
der, il m'a forcé de lui apprendre quel étoit le fujet de mon
voïage, il a plaint mon malheur plus qu'il ne méritoit de
l'être, & m'a dit enfin que
l'unique moïen d'effacer l'en-
chante-

chantement de Concombre
étoit de me livrer à ses desirs.
Eh bien ? Interrompit Tanzaï
en rougissant. Eh quoi ! Seigneur, dit-elle, vous sçavez
que je vous aime, & vous m'in-
terrogez ! mais enfin, qu'avez-
vous répondu, repliqua le
Prince ? Tout ce que ma paf-
sion pour vous, a dû me faire
répondre, reprit-elle. Après
cette prémiere tentative, continüa Tanzaï, a t'il été dé-
couragé ; n'a-t'il pas cherché
à vaincre vos rigueurs ? Vous
méritez qu'il cherchât à vous
acquérir, & je sens qu'à sa

place, je ne ferois pas refté in-
fenfible à une beauté telle que
la vôtre.

Seigneur, dit-elle, malgré
le peu que je vaux, mes rebuts
l'ont choqué. S'il n'a pas été
d'abord reçû comme il s'en
étoit flatté, il a crû que fes
foins pourroient me faire accepter fon hommage ; il m'a
tenu les difcours les plus tendres; & plus touché, à ce qu'il
difoit, de gagner mon cœur,
que des plaifirs dont des beau-
tés plus faciles le laiffent joüir
fans qu'il lui en coûte des foins,
il n'a rien épargné pour me

convaincre que j'avois fait fur
lui la plus forte impreſſion. Les
fêtes les plus fuperbes m'ont
déclaré fon amour. Plus fou-
veraine dans fon Iſle, que lui-
même, j'ai vû fes fujets à fon
éxemple, s'humilier devant
moi; l'amant de Mouſtache
qui languiſſoit dans la plus
crüelle captivité, a vû tomber
fes chaines, & finir fe tourmens, je l'ai enfin délivré....
Mais, ce Génie pour prix de
tant de foins n'a-t'il rien éxigé
de vous? interrompît Tanzaï:
Soumife à fon pouvoir fuprê-
me dans le tems même qu'il

le dépofoit entre vos mains ;
n'a-t'il pas cherché à l'éxercer
fur vous? Comment enfin vo‑
tre guérifon vous a‑t'elle été
procurée? Le Génie, reprit‑
elle, s'eft lâffé de mes refus au‑
tant que je me lâffe de vos que‑
ftions : Plus amoureux que
vous, & moins injufte, il a
refpecté mes pleurs, je ne fçais
fur qui font tombés fes tranf‑
ports, je ne fçais moi-même
en quel état je fuis fortie enfin
de fon Ifle : Je me retrouve
avec vous, vous me faites fu‑
bir le plus injurieux éxamen ;
fans mémoire, & fans recon‑

noiſſance, vous ne vous ſou-
venez pas que vous ſeul m'a-
vez envoïée à Jonquille, vous
oubliez la répugnance que j'ai
eüe à vous obéïr. Eh bien,
conſommez vos injuſtices,
rompez les nœuds qui nous
attachent l'un à l'autre, &
puiſqu'enfin vous voulez me
forcer à vous haïr ..... Ah
Princeſſe ! dit Tanzaï, en ſe
jettant à ſes genoux, je reconnois tous mes torts, épargnez-
moi votre haine, épargnez-
moi un malheur qui de tous,
feroit pour moi le plus affreux.
Oüi, je crois que toûjours ten-

dre, & fidelle vous n'avez pas cédé aux tranfports de Jonquille, mais que vouloit donc dire l'Oracle, & fi vous êtes telle que mes tranfports vous fouhaitent, par quel moïen fuis-je échappé à l'affront qui fembloit m'être deftiné ? Je vous ai déja dit, Prince, réprit Néadarné, que je ne fçais fi Concombre n'eft plus à craindre pour nous, j'ai cependant lieu de foupçonner que fa colére ne pourra plus troubler nos jours. Jonquille ennuïé de ma réfiftance, après avoir tenté auprès de moi tout

ce que l'amour peut suggérer
de séductions, me laissa enfin
à moi-même. Je fûs conduite
dans un Appartement dont je
fermai toutes les portes sur
moi, couchée sur un canapé,
j'y déplorois ma situation, je
me mis à rêver profondément
à mes malheurs, je m'endor-
mîs, & après le songe le plus
funeste pour ma pudeur, &
pour mon amour, songe! qui
toute éveillée que je suis, me
remplit de terreur, & de honte, je crus m'appercevoir d'un
changement considérable. ...
Ah Singe Barbare! s'écria

Tanzaï, il ne me manque plus
rien, & ce fonge fatal ne me dit
que trop combien mes craintes étoient juftes. Je ne conçois pas bien, reprit la Princeffe, d'un air de courroux,
d'où peuvent naître ces tranfports, & quelle peut être l'of-
fenfe que j'ai commife envers
vous; jufques ici, telle a été la
conformité de nos avantures
que j'ai crû que vous ne deviez
pas vous étonner qu'un fonge
finît les miennes. Punis tous
deux de la même maniére,
pourquoi ne nous auroit-on
pas donné le même reméde?
　　　　　　　　　　Ah!

Ah ! s'écria Tanzaï, plût aux
Dieux crüels qui me pourfui-
vent que je n'euffé point à leur
reprocher ce reméde affreux
qui vous coûte fi peu de remords ! Eh bien , Seigneur ,
répondit Néadarné , livrez-
vous à votre colére, vous ne
cherchez qu'à me trouver coupable, je confens à l'être. Faites une réalité de mon fonge,
oubliez que je ne vous ai jamais reproché celui qui vous
peignît Concombre fi digne
de vos defirs : oubliez que j'aurois pû fans crime me livrer
à Jonquille, mais laiffez-moi

auffi vous fuir pour toûjours,
& puifque vous ne me jugez
plus digne de votre eftime, ne
me parlez jamais de votre
amour. La Princeffe prononça ces paroles d'un ton fi ab-
folu, & marqua tant de courroux, que Tanzaï dominé par
fa tendreffe, ceffa fes reproches, & fe fouvenant de l'é-
preuve que Mouftache lui
avoit confeillée, voulût calmer
Néadarné, & l'embraffant avec
tranfport, la réduisît au point
de ne lui rien refufer malgré
fa colére. Ah Barbare! lui
dit elle tendrement, laiffez-

moi, vous ne m'aimez plus.
Tanzaï occupé à fatisfaire fon
amour, & fa curiofité ne lui
répondit qu'en redoublant fes
careffes, & Néadarné vaincuë
par fa paffion, ne s'oppofa plus
à une épreuve qui affuroit pour
toûjours fa gloire, & fa tran-
quillité.

CHAPITRE XX.

Comme quoi les plus fins y sont pris. Arrivée de Barbacela. Retour à Chéchian. Differens sur l'Ecumoire terminés à l'amiable. Fin de l'Histoire.

C'Est pourtant une belle chose que les enchantemens, car il est de notoriété publique que la Princesse n'en avoit pas été quitte avec Jonquille pour un rêve, & il est tout aussi vrai que Tanzaï, qui ne sçavoit rien du secret

de Mouſtache, fût obligé d'a-
voüer que ſa défiance avoit été
injuſte. Auſſi ; Néadarné qui
n'avoit pas un médiocre intérêt à lui calmer l'eſprit , avoit-
elle , avant de ſortir de l'Iſle ,
prononcé trois fois ſur ſa perſonne, les paroles miſtérieuſes :
Pendant tout le chemin qu'il
y avoit de l'Iſle, à la Ville Bleüe,
elle les avoit redites, & l'on
peut penſer que dans la ſituation où elle ſe trouvoit , elle
ne crût pas hors de propos de
s'en ſervir encore. Cet enchantement qu'elle avoit répeté
tant de fois, ſans imaginer qu'il

M m iiij

tirât à une certaine conféquence, l'avoit déguiſée au point
qu'il s'en falloit peu qu'elle
n'eut encore beſoin du ſecours
du Génie. Tanzaï impatienté
de tant d'obſtacles, fît d'inutiles efforts pour les ſurmonter,
ni ſa tendreſſe, ni ſon coura-
ge ne lui ſervîrent. Tranſporté
d'amour, & de plaiſir, ah
Princeſſe, s'écria-t'il, quel eſt
mon malheur! mais quelle eſt
votre vertu!

Eh quoi! Prince, lui dit-elle
tendrement, toûjours des plaintes! Auriez-vous mieux aimé
que je vous euſſe mis hors d'é-

rat d'en faire de cette espece ?
Ah ! pourquoi, dit Tanzaï,
qui ne fentoit alors que fa paffion, pourquoi avez-vous tout
refufé à Jonquille ? Quelles feront nos reffources ? Hélas !
après ce fonge que vous venez
de me reprocher, je n'eus pas
befoin du moins de recourir à
un fecond voïage, y ferez-
vous condamnée ? Mais dites-
moi, je vous en conjure quel
eft donc ce fonge qui, chez
Jonquille, s'eft offert à vos ef-
prits. Permettez-moi plûtôt,
répondît Néadarné, d'en oublier toutes les circonftances.

M m iiij

Quoique convaincu à préfent,
que ma fidélité a été réelle,
vous avez trop de délicateffe,
pour entendre, fans émotion,
le détail d'une chofe auffi déf-
agréable, & je vous aime trop,
vivement pour qu'il ne me
perçat pas le cœur. Oubliez,
donc à jamais cette Ifle fatale,
& daignez ne m'en rappeller,
jamais le fouvenir. Au refte,
ne foïez plus inquiet fur ma
guérifon, Mouftache aujour-
d'hui rentrée dans tous fes
droits, s'oppofera à Concombre, & Barbacela fans doute
nous aidera de fa puiffance.

ainfi, ajouta-t'elle, allons retrouver la Fée, & ne vous obfti-
nez pas davantage à mon defenchantement, vos efforts feroient inutiles. Tanzaï, qui
étoit le Prince du monde le
plus plus opiniâtre, ne fût pas
d'abord de cet avis, mais obligé bientôt de reconnoître que
Néadarné lui avoit dit vrai, il
fortît avec elle pour rejoindre
Mouftache, & Cormoran. Il
feroit difficile de rendre ici
tout ce qu'en cette occafion il
difoit de tendre à la Princeffe:
Qu'on fe figure un homme
éperdûment amoureux, & ja-

loux au dernier point, qui a
tout à craindre, & qui eſt convaincu de toutes façons, qu'il
eſt échappé au péril qui le menaçoit. Ils ne fûrent pas long-
tems ſans rencontrer Mouſtache, qui panchée nonchala-
ment ſur ſon ſpiritüel Cormoran, ſortoit du jardin. La Fée
s'apperçût aiſément à l'air ſa-
tisfait de Tanzaï, que Néadarné étoit dans ſon ame, hors de
tout ſoupçon ; & pendant que
les deux Princes ſe renouvel-
loient leurs politeſſes, eh bien,
dit Mouſtache à Néadarné en
la tirant à part, comment s'eſt

passé l'éclaircissement ? A cet
égard, reprit la Princesse, je
n'ai rien à souhaiter, mon
époux se croiroit criminel de
me soupçonner: Mais Moustache, je ne me consolerai jamais de ce qui s'est passé avec
le Génie, & je me reproche-
rai toûjours l'artifice dont je
viens de me servir avec Tanzaï. Je conçois, répondît la
Fée, que les deux choses dont
vous me parlez sont pour une
personne aussi vertüeuse, &
aussi sincére que vous, ce qui
peut arriver de plus crüel,
mais l'une, & l'autre étoient

nécessaires ; ne vous en occupez donc plus. Ah Mousta-
che ! repliqua-t'elle , eh le
moïen que je ne m'en occupe
pas ? Jonquille m'a menacée
de prendre la figure de mon
époux , quand il voudroit
m'arracher des faveurs , & je
fuis fi frappée de la crainte
qu'il n'éxécute fes menaces ,
qu'à l'inftant même je doutois
fi c'étoit lui , ou Tanzaï qui
éxigeoit de moi une explica-
tion. Serai-je toûjours dans la
même crainte ? Quand il arriveroit que Jonquille uferoit
de ce ftratagême pour vous

voir, reprît la Fée, qu'en cou-
teroit-il à votre vertu ? d'ailleurs vous ne pourrez jamais
que le soupçonner. Ah ! n'en
est-ce pas assez, s'écria Néadarné ? Au nom des Dieux !
délivrez-moi de cette crainte.
Je ne puis, répondit Moustache, le Génie, qui vient de
sortir de la Léthargie où vous
l'aviez plongé, au désespoir
de votre fuite, forme dans ce
moment même le projet de
vous aimer toûjours, & ne se
console de vous avoir perdüe
que par la certitude où il est
de vous revoir. Mais, conti-

nüa-t'elle, n'allez pas découvrir au Prince les craintes que vous infpire Jonquille, foupçonneux comme il l'eſt, il vous obferveroit fans ceſſe, & vous rendroit malheureuſe à force de délicateſſe. Il faut cependant que vous haïſſiez bien Jonquille pour que l'idée de vous retrouver avec lui vous afflige; la nuit derniere, il vous étoit moins odieux. J'ai fuccombé, repartit la Princeſſe, à la rigueur de mon fort, mais mon cœur toûjours fidele, n'a pas perdu un inſtant l'image de Tanzaï : Il y auroit

bien, reprit Mouſtache, quelque choſe à vous repondre là-
deſſus, mais une plus longue
converſation ſeroit peut-être
ſuſpecte à votre époux, & je
veux revoir Cormoran. En
achevant ces paroles, elles ſe
rapprochérent des deux Princes qui, déja les meilleurs
amis du monde, diſſertoient
enſemble ſur l'harmonie de la
Vielle. Ils reprenoient tous le
chemin du Palais où ils étoient
logés, lorſqu'un char brillant,
& traîné par des Papillons,
vînt du haut des airs s'abattre
auprès d'eux. A ce pompeux

équipage , ils reconnûrent la bienfaifante Barbacela. Tanzaï courût au-devant d'elle avec d'autant plus de joïe qu'il crût en la revoïant, tous fes malheurs terminez. Cette Fée embraffa avec tendreffe Mouftache & Cormoran, & les félicita tous deux d'une réünion fi long - tems defirée. Pour vous, Prince, dit elle à Tanzaï, vous avez bien fouffert depuis mon abfence, & la Princeffe n'a pas été éxempte de tourmens. Le Deftin irrité de votre défobéiffance, à ma priére enfin s'eft calmé , je revois

vôis avec plaifir fur vous, l'E-
cumoire enchantée, & fi Saugrénutio confent à ce qu'on
lui demande, à l'abri des per-
fécutions de Concombre, vous
pafferez les jours les plus heureux.

J'ai peine à croire, dit Tanzaï que vous veniez à bout de
le perfuader, il eft fur l'article de l'Ecumoire d'une opiniâtreté invincible : En vain
tout l'Etat s'eft armé contre
lui, rien n'a pû le vaincre. J'ai,
répondit Barbacela, un moïen
fûr pour le faire obéïr. Mais
montez dans ce char, nous

II. P.   N n

allons tout à l'heure être tranf-
portez à Chéchian, & c'eft là
que vous joüirez d'un plein
repos. Tous les amans obéi-
rent à la Fée, & le char fe-
condant leur impatience, leur
fît voir bientôt la capitale de
la Chéchianée. On ne peut
exprimer la joïe de Céphaès
en revoïant les deux époux :
Après bien des careffes, & des
queftions, la Fée manda Saugrénutio. Pendant l'abfence
du Prince, les chofes avoient
changé de face, le Patriarche
étoit mort. Le Grand-Prêtre
afpiroit fecretement à cette

dignité, mais comme elle dépendoit entiérement du Roi,
il voïoit peu de jour à l'obtenir à moins qu'il ne devînt
docile fur l'article de l'Ecumoire. Ambitieux comme il
étoit, l'Ecumoire l'effraïoit
moins depuis qu'il y voïoit at-
tachée une auffi grande place.
Malgré fa rebellion, il n'auroit pas héfité alors à la lécher,
fi elle n'eut été que d'une grof-
feur ordinaire ; mais à la honte qu'il trouvoit à fe rétracter,
il fe joignoit encore la douleur qu'indubitablement elle
lui cauferoit, & la perte to-

tale de sa bouche. Ces deux motifs étoient les seuls qui l'empêchassent d'obéir.

Le Roi qui n'avoit pas de plus cher intérêt que le salut de son fils, consentoit à nommer Saugrénutio, Patriarche, s'il se rangeoit à son devoir. Un Négociateur habile député par Céphaès au Grand Prêtre, lui avoit fait indirectement des ouvertures sur cette affaire, & Saugrénutio étoit en pour-parler lorsque la Fée arriva; il ne tira pas à mauvais augure d'en être mandé. Le bruit avoit long tems couru

que cette Fée l'avoit aimé, &
que ce fait fût vrai, ou non,
il est certain qu'elle avoit toûjours eû pour lui cette sorte de
considération que l'on conser-
ve pour les personnes avec qui
l'on a vécu amicalement. Aussi
avoit-on été extrémement surpris quand on sçût que cette
Fée l'avoit destiné à lécher
l'Ecumoire, & l'on attribua
ce mauvais tour qu'elle lui faisoit, à quelque depit secret qui
l'animoit contre lui. L'arrivée
de Barbacela ne déplût cependant pas à Saugrénutio; & il
se rendit à ses ordres dans l'in-

ſtant qu'il les eût reçus. Ap-
prochez, lui dit Barbacela, je
ſçais quel eſt le motif qui vous
empêche d'obéïr, & d'écouter
vos véritables intérêts. Je puis
en votre faveur, lever l'obſtacle
qui vous gêne : La groſſeur de
l'Ecumoire vous effraïe, ne la
craignez plus, je vous promets,
foi de Fée, qu'elle n'aura rien
des déſagrémens qui vous ré-
voltent contre elle, & j'ai obtenu du Roi qu'il vous feroit
Patriarche, pour vous païer
de votre obéïſſance. Conſen-
tez-vous à ce que je vous pro-
poſe ? Oüi, dit Saugrénutio,

& dès demain en préfence de
la Nobleffe , & des Sacrificateurs , je lécherai l'Ecumoire,
puifqu'enfin il en faut paffer
parlà. Alors le Prince le çom-
plimenta fort civilement , &
le Roi le nomma fur le champ,
Patriarche de la Grande Chéchianée. Tout le monde parût
content de cette réünion. Les
Sacrificateurs feuls accuférent
Saugrénutio de lâcheté , & ne
conçûrent que du mépris pour
un homme qui , à ce qu'ils di-
foient , vendoit l'honneur de
la Réligion ; pendant qu'il n'y
en avoit pas un qui , pour un

moindre prix ; ne l'eut vendû
bien d'avantage. Tanzaï, qui
mouroit d'impatience de fe
voir Poffeffeur de Néadarné,
demanda au Grand-Prêtre s'il
ne pourroit pas fur le champ
lêcher l'Ecumoire, il y con-
fentoit, mais la Fée aïant af-
furé qu'il étoit important que
cette cérémonie fût publique,
le Prince fe vit encore contraint d'attendre ; & par le
confeil de Barbacela, il paffa
la nuit éloigné de fa Princeffe
à qui Mouftache tînt compa-
gnie, comme Cormoran la
tînt au Prince. Néadarné
avertît

avertît Mouſtache qu'elle
croïoit avoir répeté le ſecret,
& cette généreuſe Fée, on ne
ſçait comment, y mît ordre.
Enfin ce jour ſi deſiré arriva.
La Fée, le Roi, & les quatre
amans ſe rendîrent de bonne
heure au Temple où Saugrénutio revêtu des ornemens de
ſa nouvelle dignité, lêcha l'E-
cumoire avec une grace ſur-
naturelle, en préſence de la
Nobleſſe, & des Sacrificateurs.
Dans le fonds de l'ame il étoit
outré de s'avilir à ce point, &
pour s'en conſoler, il ordonna
par ſon premier Decret qu'au-

cun Sacrificateur à l'avenir ne pourroit être reçu, sans lécher aussi l'Ecumoire. On imagine aisément que ce Décret ne passa pas sans opposition, & qu'il fût dans tous les tems, une source de discorde dans la Chéchianée. Après cette auguste Cérémonie, chacun retourna au Palais : Barbacela, après avoir assuré les deux époux d'une constante protection, & de l'impuissance de Concombre à les tourmenter, retourna dans l'Isle Babiole. Tanzaï se vît au comble de ses vœux ; amoureux autant qu'il-

étoit aimé , il ne se souvînt
plus des allarmes que lui avoit
causé Jonquille , & la tendre
Néadarné perdît dans les bras
de son époux le souvenir de
Concombre, & peut-être encore celui de Génie. Moustache, & Cormoran après être
restez quelque tems à Chéchian pour partager les plaisirs
de Tanzaï retournérent auprès de Barbacela , après avoir
promis aux deux époux de les
venir revoir souvent. Céphaès,
las de sa Couronne la céda à
son fils qui , toûjours amoureux , se fit le plus d'héritiers

qu'il pût. Néadarné, si elle revît Jonquille, n'en dît rien, & tel fût leur bonheur, que Concombre même devînt de leurs amies. Ici, faute d'une plus ample Chronique finira une des plus extraordinaires Histoires que peut-être on se soit jamais avisé d'Écrire.

Fin de l'Histoire.

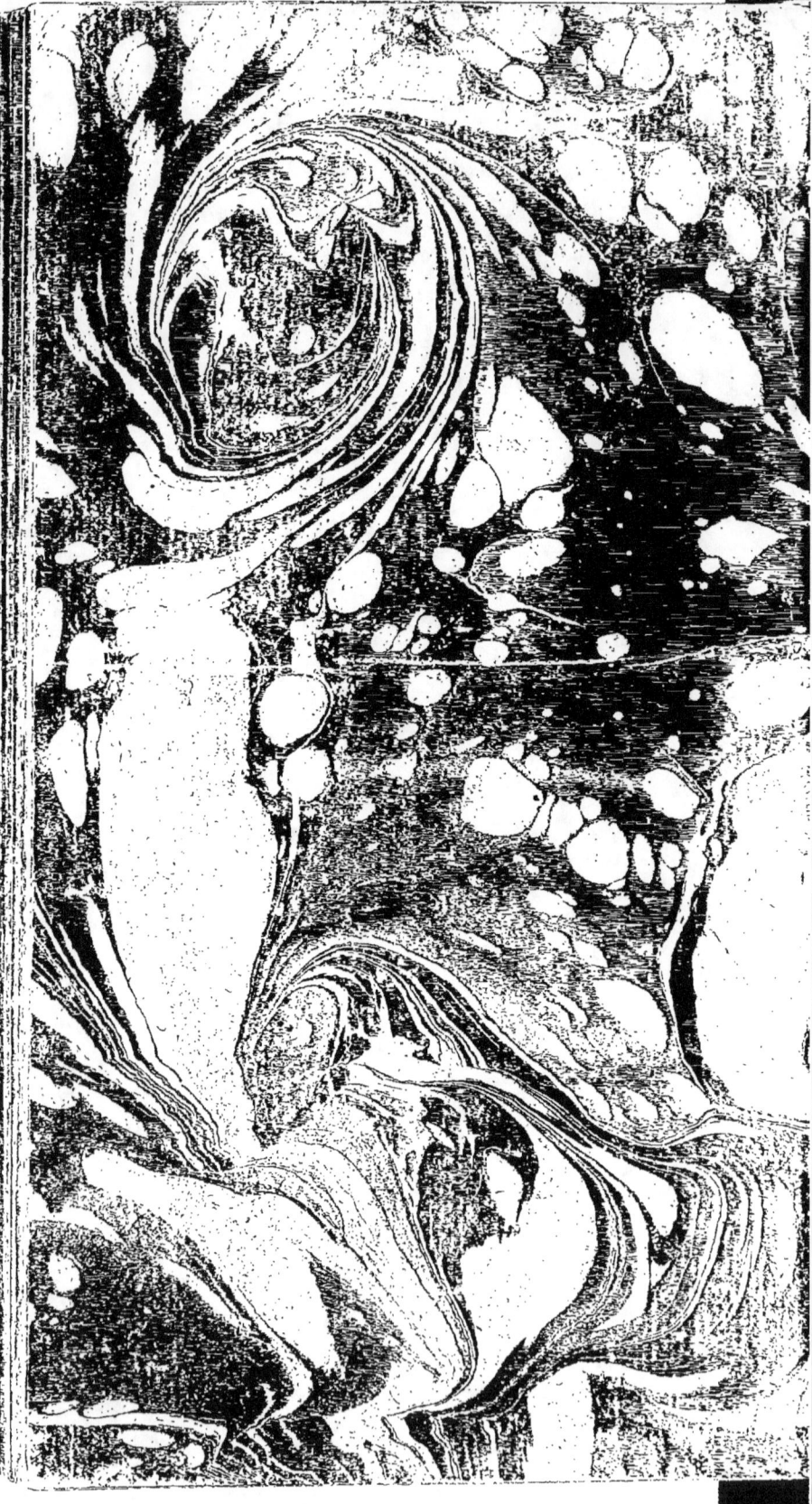